小田嶋隆

日本語を、取り戻す。

AKISHOBO

日本語を、取り戻す。　目次

3 ワンフレーズの罠。

4 がんばれ、記者諸君。

装丁● albireo
装画● 谷端実

1

あの人にさよならを。

言葉を扱うはずの「政治家」というお仕事

一〇日ほど前から、あらゆる事態がものすごいスピードで変化している。世界を動かしているCPUのクロックが暴走したのかもしれない。そうとでも考えないと説明がつかない。それほど、身の回りのすべての出来事が急展開している。

この一週間ほどの展開は、いくらなんでも、ニュースソースの無駄遣いだと思う。普通の状況だったら、新聞社のデスク諸氏は、五輪延期まわりの話題をいじくりまわすことだけで、一週間は楽に暮らせたはずだ。

「週刊文春」がスクープした財務官僚の遺書の話題にしたところで、マトモな世の中なら半月は回せるエピソードだ。

それが、たったの三日で「過去の話」になっている。

「いまさらそんな古いネタ蒸し返しても仕方がないだろ?」的な、地層の下の化石みたいな話題になってしまっている。

1 あの人にさよならを。

こんなバカなことがあるだろうか。

しかし、現実に、事態はそんな調子で進行している。

ニュースは、オーバーシュートしている。

で、われわれの理解力はロックダウンし、事態を追う人々は呼吸困難に陥っている。

正直なところを申し上げるに、私は、現今の状況の変化に追随できていない。

ようやくのことで事態を把握したと思う間もなく、その私の現実認識は、半日後にはすっかり陳腐化している。そういうことが毎日のように繰り返されている。時事コラムを書く人間は、三時間毎に現状認識をアップデートせねばならない。そんなことは不可能だ。なので、この一週間ほど、私は最新情報をウォッチする作業を断念している。理由は、たいして性能の良くない頭脳をこれ以上酷使したところで、疲労が蓄積するだけだからだ。

前回は、休日の関係で休載させてもらった。その決断をしたのは、実は当日だった。というのも、新刊を二冊出したばかりということもあって、当初は、掲載日を一日前倒しにして、木曜日更新の形で原稿を書くつもりでいたからだ。ええ、私はこう見えてわりと商売熱心なのです。

ところが、いざ執筆日がやってきてみると、これが、どうやっても意欲がわかない。書くべきネタが見つからなかったのではない。むしろ、あまりにもネタが多すぎて、話題が絞りきれなかったという方が実態に近い。それ以上に、私は、世界で起こっている様々な事態の進行のスピードにキャッチアップできなくなっていた。簡単に言えば、変化のめまぐるしさが、こちらの思考速度を凌駕していたわけで、それゆえ、私は、自分のアタマの中にある言葉を文章の形で定着させることに困難を感じていたのだ。あるいは、私は、せっかく苦労して書いた原稿が、三日で時代遅れになってしまう予感を抱いていて、そのあらかじめの徒労感のために執筆忌避に陥っていたのかもしれない。

「こんな調子で二時間ごとに一面トップの大ニュースが飛び込んで来る状況で、オレはいったい何を書いたらいいいんだ？」と思うと、コラムニストの執筆意欲はその時点で枯渇する。

そういう時は自粛要請の如何にかかわらず、休んだ方が良い。

そもそも、自粛は他人に要請されるべきものではない。他人に要請して良いものでもない。

あたりまえだ。

「自粛」は、あくまでも本人が自分の意思で自分の行動を差し控えることだ。

1／

あの人にさよならを。

世間の空気を忖度したり、他者からの圧力に屈して活動範囲を狭める反応は「萎縮」と呼ばれるべきだし、自分以外の人間や集団に自粛を求める態度は「恫喝」ないしは「強要」と名付けられなければならない。

さて、今回は、あえて個別の事件や出来事に焦点を当てることを避けて、この半月ほどの間に私が「政治家の言葉」について考えたことを書いてみようと思っている。

このテーマを選んだ理由は、ドイツのメルケル首相が一八日（現地時間）の夜に発信したテレビ演説に感銘を受けたからだ。

私は基本的に「感動」という言葉は使わないことにしているのだが、今回のテレビ演説に関しては、その言葉を使ってもかまわないと思った。それほど強く心を打たれた。

全文の日本語訳は、こちらのサイトで読むことができる。

https://japan.diplo.de/ja-ja/themen/politik/-/2331262

冒頭で書いた通り、三月にはいってからというもの、あらゆる事態がとんでもない勢いで動いている。そして、この状況を受けて、世界中の政治家たちが、それぞれに強いメッセージを発信している。私は、先日来、危機的な状況を前に立ち上がった世界の政治家たちの言葉に耳を傾けながら、政治家が言葉を扱う仕事なのだということを、あらためて思い知らされている次第だ。

そうなのである。政治家は、一も二もなく、言葉で説明することの専門家であったはずなのだ。

ちなみに、政治家が言葉の専門家であるという旨のこのお話は、ずっと以前から、専修大学の岡田憲治先生が繰り返し強調しているテーマだ。私も、直接にお会いした機会に、いくたびか詳しくお話をうかがっている。

よりつまびらかなところは、『言葉が足りないとサルになる――現代ニッポンと言語力』（亜紀書房）あたりの著作をぜひ一読してみてほしい。

コラムニストも、言葉を扱う仕事に従事する人間ではある。

ただ、文筆業者の仕事は、文字をいじくりまわすことでなにがしかの表現をたくらむ言語玩弄《がんろう》者としての側面をより多く含んでいる。それゆえ、言葉への誠実さにおいて、政治家にはかなわないと思っている。

まあ、このあたりの事柄についての見解は、人それぞれ、立場によって、まるで違っていたりもするはずだ。なので、これ以上突き詰めることはしない。ここでは、私がそんなふうに思っているということを簡単に受け止めていただければ十分だ。話を先に進めることにする。

さて、私が感心したのは、メルケルさんの演説だけではなかった。

イギリスのボリス・ジョンソン首相のテレビ演説も、メルケル首相の演説とは別の意味で見事な出来栄えだったと思っている。

「別の意味」というのは、ジョンソン首相が、二三日に英国民に向けて語った外出禁止令を含む思い切った内容の演説原稿が、それ以前に、英国政府が示していた方針と、かなりの部分で矛盾するものだったからだ。つまり「一貫性」という観点からすると、二三日のジョンソン首相の演説は、支離滅裂だったと言っても良い。「裏切り」という言葉を使うことさえできるかもしれない。

ただ、重要なのは、ジョンソン氏が、状況の変化に応じて、最新の事態に適応した政策転換を悪びれることなく実行してみせたことと、その自分の前言撤回（あるいは「朝令暮改」）を、率直に、わかりやすい言葉で国民に向かって語っていた点だ。

この点において、彼の説明はいちいち出色だった。

イギリス国民は、前後の経緯はともかくとして、あの日の演説には納得したはずだ。

個人的には、これまで、ジョンソン首相について、その振る舞い方や選ぶ言葉のエキセントリックさから

「軽薄」で
「お調子者」な
「受け狙い」の
「ポピュリズム」丸出し
の政治家だというふうに評価していた。
それが、二三日の演説を聴いて、見方をあらためた。
「なーんだ。やればできるんじゃないか」と、大いに見直した。
ふだんはお行儀の悪い軽薄才子みたいに振る舞っていても、いざ国難という場面では、にわかに引き締まった言葉でシンプルなメッセージを発信することができるわけで、なるほど、政治家の評価は危機に直面してみないと定められないものなのかもしれない。
同じことは、トランプ氏についてもある程度言える。
この人について、私はずいぶん前から「問題外」の政治家だというふうに判断している。あらゆる点で、ほとんどまったくポジティブな評価ができない人間だとも思っている。しかしながら、今回の新型コロナ対応に伴うテレビ演説に限って言うなら、まことにトランプさんらしい率直な言葉で、米国民に語りかけている。この点は評価しないわけにはいかない。

もちろん、いつまでたっても「チャイナウイルス」という言い方を引っ込めないところや、必要のないところで野党やメディアの悪口を並べ立てる悪癖は相変わらずなのだが、国民に向けてのテレビ演説では、さすがの芸達者ぶりというのか、あれだけの選挙戦を勝ち抜いた政治家ならではの説得力を発揮している。

ついでに申せば、二兆ドル（約二二二兆円）という前代未聞の巨額を投じる経済政策の打ち出し方も見事だった。

この点は、ドイツもすごい。報道によれば、七五〇〇億ユーロ（約八九兆円）規模の財政パッケージを承認したという。

これも、これまでのドイツ政府の態度からは想像できない思い切った決断だ。国民に覚悟と忍耐を求める以上、国としては、それだけの裏付けのある数字を示さなければならない。

これは、言葉の使い方そのものとは別の話だが、言葉に説得力を与える意味で、不可欠なことでもある。

引き比べて、わが国のリーダーは、国民の前に顔を出さない。

これは、どれほど嘆いても嘆き足りないことだ。

メルケル首相は、ドイツ国民一人ひとりに向けて、さらにはドイツにいる外国人や底辺の労働者にも目を配りながら、新型コロナウイルスとの長く苦しい戦いに臨む覚悟を求める歴史的な演説を披露した。

英国のジョンソン首相も、いつもとは違う真剣な表情と言葉で、丁寧に政府の施策を説明し、国民に理解を求めている。

トランプ大統領も、いつものウケ狙いのスベったジョークや底意地の悪い罵詈雑言とは違う口調で、米国民に自覚と希望を持ち続けることの大切さを訴えている。

彼らは、いずれも未曾有の危機に当たって、政治家の本領を遺憾なく発揮してみせたと言って良い。

一方、うちの国の政府の人間は、テレビの画面に出ることを極力避けようとしている。記者会見では質問を打ち切るし、そもそも、臨機応変な記者との受け答え自体を、あらかじめ拒絶している。

こんな態度で、国民に政策を説明できる道理がないではないか。

ふだんの日常的な政策は、官僚に説明させればそれで足りるのだろうし、施策の細部については、担当官庁の役人の方が詳しいのだろうからして、彼らに説明を委ねることは、むしろ適切でもあるのだろう。

あの人に
さよなら
を。

1

しかし、危機への対応は別だ。

文字通りの「国難」に対処する場面では、選挙で選ばれた政治のリーダーが、自分の言葉で国民に直接語りかけることが絶対に必要なはずだ。

が、そのことがこの国ではおこなわれていない。

なんという損失だろうか。

一説には、危機に直面する場面で国民の前に顔を晒すことで、失敗の責任を取らされることを避ける深謀遠慮だという見方もある。

まさかそんなことはないと思うのだが、そうでないにしても、言葉が少ない。

少ないだけならまだしも、出てくる言葉があまりにも空疎だ。

報道（朝日新聞）によれば、麻生太郎財務大臣兼副総理は、三月二四日の午前、記者団に対して次のように語ったとされる。

《──略── 一律（給付）でやった場合、現金でやった場合は、それが貯金に回らず投資に回る保証は？ 例えば、まあ色々な形で何か買ったら（一定割合や金額を）引きますとか、商品券とかいうものは貯金には（お金が）あまりいかないんだよね。意味、分かります？ リーマン（・ショック）の時と違うんだよ。リーマンの時、マーケットにキャッシュがなくなったんだから。今回はどこにそういう状態があるの？ みんな銀行にお金が余っている

じゃん。だから、お金があるんですよ。要はそのお金が動かない、回らないのが問題なんだから。（24日、記者会見で）》

なんというのか、記者を子供扱いするものの言い方からして、記者の向こう側にいるはずの国民に、マトモに説明する気持ちを持っていないとしか思えない。

察するに麻生さんは、現金の給付には乗り気ではなくて、その理由は、現金が貯蓄に回るなどして、必ずしも景気浮揚につながらないからということのようだ。

実際に現金を配布した場合、一定数の国民はその現金をすぐには使わず、貯蓄にまわすだろう。その点は、麻生さんのおっしゃる通りだ。

しかしながら、国民が、現金を貯金にまわす理由は、必ずしも現金が不要だからではない。むしろ、多くの国民は、将来が不安だから貯金をしている。そう考えれば、現金は、安心料として必要なものだし、多くの国民の不安を取り除くためにも、現金を支給することには大きな意義がある。

この記事を読んですぐ、私は以下のようなツイートを発信した。

《政府が現金じゃなくて商品券を配りたがるのは「カネはやるけど、使いみちはオレが決める」「援助はするが、援助の方法はオレの一存で決める」「食べさせてやるけど、何を食べるのかはオレが決める」「オレの推奨する消費先以外にカネを使うことは許したくない

から現金は渡せない」ということだよね。》
《貧しい人間が現金をほしがるのは、生活に困窮しているからでもあるが、それ以上にカネが無いことで行動が制限されているからだ。その意味で、生活困窮者が本当に必要としているのは、現金で買える「モノ」ではなくて、現金と引き換えに手にはいる「自由」なのだよ。麻生さんにはわからないだろうが。》
《メシを食うカネにも困っている人間がパチンコや酒にカネを使ったり、風俗だのゲーセンだのになけなしの現金をつぎ込むのは、それこそが「自由」だからだ。「オレはオレの時間をオレの好きなように過ごす」という実感が欲しくて人は時に愚行に走る。商品券では自由が買えない。ここがポイントだぞ。》

もうひとつ付け加えれば、政府が、現金でなく商品券を配りたがるのは、貧窮する国民の暮らしを支えることや、近未来に不安を抱いている国民に一定の安心感を与えることよりも、彼らの購買行動を促して経済を回すことをより重視しているからでもあれば、特定の業界（つまり商品券が指し示しているところの「商品」の生産者たち）への利益誘導をはかりたいからでもある。

こんなことでは、到底国民の支持は得られない。

もしかしたら、安倍さんや麻生さんが、テレビ演説で直接国民に語りかけようとしないのは、自分たちの打ち出す政策が、筋の通った言葉で説明できない筋の通らない政策だということを半ば自覚しているからなんではなかろうか。

政治家の言葉は、巧みでなくても、誠実であれば十分に伝わるはずのものだ。

せめて、正直に、自分の言葉で、まっすぐに語りかけてほしい。

安倍総理が、和牛券やお魚券や旅行クーポン券を配布する理由について、万民を納得させるだけの言葉を持っているのなら、ぜひその言葉を披露してもらいたい。

もし仮に、現政権が、説明をしないリーダーに追随する国民を作ることに成功していたのだとすればこれはもうわれわれの負けだ。好きにしてくださってけっこうだ。私は非国民の道を選ぶだろう。


（「ア・ピース・オブ・警句」二〇二〇年三月二七日）

I

この奇妙な政治家への感情

安倍、と最初の二文字を書きはじめたところで、すでに私は疲労をおぼえはじめている。無論、このことの責めは安倍さんの側にはない。非は私にある。毎度のことだが、安倍さんについて書いたり考えたりすることは、私の心身をひどく疲弊させるのだ。

その理由について、この数年来、折にふれて考え続けてきたのだが、つい一年ほど前、ある媒体に寄稿する安倍さんに関する小論を執筆している過程でふと思い当たったのは、この疲労感は、安倍さんが、私にとって、思考の対象であるより、感情の源泉だからなのではなかろうかということだった。

少なくとも、原稿を書く作業に限って言うなら、安倍晋三氏の政策なり人柄なりについて書き起こすことは、私にとって頭脳労働であるよりは、感情労働の意味合いが大きい。ありていに言えば、私は、自分の自覚としてはオリジナルの思考を組み立てているつもりでいながら、その実、単に腹を立てていたり、落胆していたり、恨み言を並べ立てている次第なのである。

書いている間、私は自分が事前に想定した論理の枠組みからはみ出さないように注意深く自らをいましめ続けていなければならない。こういう作業過程は、滅多にないことだ。普通のテーマに関して普通に原稿を書く作業は、私にとって、さして厄介な作業ではない。頭の中に去来する思考の断片を、思いつくままに順次書き連ねていけば、とりあえずはそれらしい原稿になる。その程度の訓練は積んでいる。

ところが、相手が安倍さんになると、私の文章は、うまく狙った地点に着地してくれない。

それゆえ、第一稿は、ほぼ使いものにならない。自分で読み返してみて支離滅裂だからだ。

なぜ、こんなひどい原稿ができてしまうのかというと、私のかねてからの主張や思考過程が、その時点で自分が書いている文言といちいち齟齬したり矛盾したりして、簡明な論理の筋道を形成しないからで、そうなってしまう理由は、つまるところ私が感情に走っているからなのだ。

というわけで、感情的な要素を慎重に排除するべく推敲をすすめると、今度は、およそ

1／

あの人に
さよなら
を。

退屈かつ凡庸な第二稿が出来上がってくる。

これにもがっかりさせられる。

感情が暴走するばかりだった初期バージョンの原稿から感情を取り除いた結果が、建前のみの空論に着地することは、理屈としてはありそうな話だが、まさか、自分の書いた原稿の中で、そんなみっともない展開を見せられるとは、書いた当人として受け入れがたい顚末だ。

が、ともあれ、現実に目の前の原稿が読めたものではないのだから仕方がない。

で、苦心惨憺《さんたん》のあげくに、普段の何倍もの時間をかけて、なんとか格好のつく程度のテキストに仕上げる。プロの意地というヤツだ。

しかし、結果的には、自己評価として、自分の書いた安倍さん関連の原稿は、いずれもたいしてデキが良くないと思っている。

なにしろ、わかりにくいからだ。

苦心の跡が偲ばれる点は、なかなかいじらしかったりする。また、時間をかけた分だけ細部の表現に凝っていたりもする。が、いかんせん構成がぐちゃぐちゃである点は隠しきれない。なんとなれば、ほかならぬ私の心が千々に乱れているからだ。

ただ、自己弁護で言うのではないが、安倍晋三氏をテーマに書かれている原稿は、私のものに限らず、おしなべて支離滅裂なものが多い。

批判するにしても、賞賛するにしても、安倍さん関連の原稿には、一方的なものが目立つということだ。

私の見るに、きちんと論を運んで説明する手順を怠って、結論だけを声高に叫ぶテの文章が多い。

理由は、先ほどからお伝えしている通り、多くの人々が、応援団も反対派も含めて、なぜなのか、感情的になりがちだからだ。

今回は、どうしてわれら日本人が、安倍さんをはさんでこんなに対立しているのかについて考えてみることにする。おそらく、この試み自体、簡単な作業ではないはずだが、とにかく手をつけてみる。

私は、自分自身をそんなにアタマの良い人間だとは思っていないが、その一方で、考える作業を苦にしない性質であるとは思っている。なんというのか、あれこれと考えを遊ばせることはもとより、生まれつき、ひとつのことをじっくり考えたり、分析したり、仮説を組み立てたり、二つの視点を見比べたりする作業が好きな性分で、だからこそ原稿を書く稼業に吸い寄せられたのだろうと考えている次第だ。

その私が、安倍晋三氏の政治手法に苛立つ理由は、おそらく、私の目から見て、彼が政治家というよりは扇動家（アジテーター）に見えるからなのだろうと思っている。政治家とアジテーターの何が違うのか正面切って問われるとちょっと困るのだが、ともあれ、安倍さんの持ち出してくるスローガンが、具体的な政策であるよりは、イデオロギーに近い何かに見えることは確かだ。

「日本を、取り戻す。」というごく初期の段階から安倍さんがことあるごとに繰り返してきたキャッチフレーズがその典型だ。この章句の中で示唆されている「日本」が、具体的にどんな「日本」であるのかは、結局のところこれらの言葉の受け手である国民の側に委ねられている。

「取り戻す」と言っている以上、「昔、われわれが持っていた何か」「われわれの社会から失われて久しい要素」ではあるのだろう。

それゆえ、リベラルなり護憲なりを自認している人々は、安倍政治の目指すところが、戦前の「日本」（旧民法的な家制度の再興と、大日本帝国の栄光の復活、さらに言えば、八紘一宇や大東亜共栄圏および教育勅語などを代表とする戦前的諸価値の再取得）であるという疑念を、どうしても捨てられない。

もちろん、安倍さんと、彼を支援する日本会議をはじめとする保守勢力が、戦前の旧弊な体制を、そのまま二一世紀に召喚しようと画策していると断ずるのは早計で、彼らとていくらなんでもイタコではない。

とはいえ、もうひとつの名高いスローガン「戦後レジームからの脱却」が示唆している通り、安倍政治の目指す方向が、戦前回帰でこそないものの、戦後政治を主導してきた諸原理の見直しではあることは確かに見える。ここのところで、人々は感情的に反応せずにはおれない。

なんとなれば、戦後民主主義的な諸価値は、現代を生きる日本人にとって、良い意味でも悪い意味でも、自己の評価を社会的に決定している現世的な（あるいは偏差値序列的な）世界観と奥深いところで通底しているからだ。しかも、人々のこの偏差値序列への感情的好悪は、そのまま安倍政権ならびに安倍晋三氏個人への感情的な評価に直結している。

どういうことなのか説明する。

安倍晋三氏が言う、「戦後レジーム」とは、戦後的な体制や思想や取り決め全般をやんわりと包括している。おそらくその一つの柱は日本国憲法であり、もう一方の極には戦後の復興にはじまる高度成長の神話がある。

それらを見直すということは、これは、「保守」ではない。

どちらかと言えば「革命」に近い。

そう思えば、安倍政権への支持率が、むしろ若年層において高いことの理由はおのずと理解できる。若い世代の人々にとって、現状の、「老害」世代たちが作ってきたこの戦後世界は、破壊して然るべき対象なのであって、ということは、彼らは、自分たちが内心で期待している、現体制の転覆をリードする人間が、安倍晋三氏であることをうすうすながら感じ取っているからこそ、彼に支持を寄せているということだ。

ただ、安倍さんが、脱却すると言っている「戦後レジーム」なるものが、具体的にどんなもので、「取り戻す」と言っている「日本」が、どの時点のどんな姿をした「日本」であるのかは、実は、一向にはっきりしていない。

その、はっきりしない幻影のごときスローガンを掲げて当面の政策課題をこなしているからこそ、安倍晋三氏への態度は、支持する者にせよ、反発する者にせよ、いずれにしても政策本位というよりは、イデオロギー本位の感情的なマナーに結実せざるを得ない。

便宜上「保守」の政治家に分類されている安倍晋三氏が、「革命」を志しているように見えることのねじれは、実は、昭和の時代に、「革新」と言われていた諸価値が、現在の「体制」になっている逆転から生じているものだ。

具体的には、日本国憲法の基本理念と言われている、「国民主権」「平和主義」「基本的人権の尊重」がそれに当たる。

これらは、いずれも立憲政治ならびに民主主義の基本理念であり、絶対に失われてはな

1／

あの人に
さよなら
を。

らない鉄則であると考えられ、学校でそう教えられ、ほとんどの日本人が長らくそう考えてきた根本原則だ。

しかしながら、「絶対に変えてはならない」と教えられ、信じられ、伝えられてきたからこそ、それらは、それが当たり前になった時代に生まれた世代の人間にとっては、ともすると窮屈な「体制」であるように感じられていたりする。

それゆえ、その民主主義そのものであるのかもしれない「戦後レジーム」を改革の対象として名指ししている安倍政治のダイナミズムに惹かれる人々が一定数生まれることになる。

当然、反発する人々もいる。

戦後の民主主義を体現し、高度成長の中で育ち、平和のありがたさを全身で受け止めながら昭和を生きてきた世代の人間は、その戦後世界の根本理念である憲法に害意を持っているかに見える安倍政治には、ほとんど憎悪に近い感情を抱いている。

ということはつまり、安倍さんという一人の人物を介して、日本は二つの陣営に分裂する。

ずっと昔、物理の教師が授業の中で話していたネタのひとつに「マックスウェルの悪魔」というお話がある。これは、一九世紀の物理学者ジェームズ・クラーク・マックスウェルが提唱した思考実験で、以下のような話だ。

ひとつの部屋を一枚の仕切り板で仕切る。その仕切り板のそばに、分子の動きを見極めることのできる悪魔を置くと仮定する。悪魔は、仕切り板に開いている穴を開閉して、一方の部屋ともう一方の部屋に、活発な分子と動きの鈍い分子を選り分ける作業を繰り返す。と、一方の部屋は高温になり、もう一方の部屋は低温になる。

これだけの話なのだが、この悪魔が一匹いるだけのことで、熱力学の第二法則である「エントロピー増大則」(断熱条件下での不可逆性)を逆転させることができる。

この寓話の意味は、たったひとつの逆転の装置があれば、混濁を純粋に、平衡を分離に、未来を過去に戻すことが可能になるということで、すなわち世界の秩序は一個のスイッチだけで逆転するということだった。

私は、安倍さんを見ていると、物理の教師が得々と語っていたマックスウェルの悪魔による世界転覆の話を思い出す。

問題は、アベノミクスがどうであるとか、憲法第九条第二項がどうしたといった、具体的な個々の争点に宿っているのではない。

この奇妙な政治家への感情は、安倍晋三という触媒を介して、不可逆的な変化に向けて変容していくであろう世界を受け入れられるのかどうかという思考実験に依存している。

支持する側の人々は、戦後民主主義的な枠組みや、日本国憲法的な理想や、日教組的な良識や、朝日新聞的な善意のすべてに欺瞞のニオイを嗅ぎ取っている。

なぜならば、二一世紀の日本のこの閉塞状況を生み出した元凶は、偏差値エリートをひたすらに優遇することで形成された官僚とマスコミとアカデミズムによる三位一体のガリ勉共同体が、日本の活力を蝕んだからで、それらを主導してきたのは、結局のところ国民国家としての日本の生命線である軍隊を取り上げるところから起草された、占領民統治原則としての日本国憲法だったからだ。

もちろん、安倍さんを支持しない人々は正反対の見方を堅持している。すなわち日本が戦後七〇余年を平和のうちに過ごしてこられたのは、ひとえに憲法の条文の賜物でもあれば、それに基づく平等な社会を支えた民主主義体制の福音でもある。

とすれば、その平和憲法を疑い、自由なマスコミを敵視し、門閥や縁故主義からの解放をリードした学歴秩序を憎悪している安倍支持者こそが、反知性主義の破壊分子であるという見立てになる。

どちらの立場が正しいのかは、誰にもわからない。いずれ、歴史の審判に委ねるほかに仕方がないのだろう。

最後に、私自身がどう思っているのかを簡単に申し上げておく。

安倍政治は、理念やイデオロギーをどうこうする以前の段階で、いずれ、足元を固めているネポティズム（縁故主義）の罠によって、近いうちに幕を下ろすことになるはずだ。

当然、憲法改正の野望も潰えるだろうし、戦後レジームは脱却できず、日本は取り戻されないまま前に進むことになるだろう。

唯一の心配は、ポスト安倍の顔が一向に見えてこないことだ。

野党の中にそれらしい顔は見当たらない。自民党内も同様だ。

とすると、後の手当もなく、われわれは今住んでいる家に火を放つのだろうか。

わからない。

最悪の予想は、来年の今頃、私が安倍さんを懐かしがっていることだ。

（「新潮45」二〇一八年六月号）

最大の罪は国の文化と社会を破壊したこと

安倍政権には言いたいことがいっぱいある。まず、対米追従&対露弱腰外交は「売国」という古い言葉を召喚してこないと形容しきれないと思っている。経済では、消費増税によって、アベノミクスの三本の矢を焚き付けの薪として炎上させてしまった。これだけでも退陣の理由としては十分だ。とはいえ、外交は相手あってのことだ。経済もまた、運不運の要素を含んでいる。なので、失策のすべてを安倍さんのせいにするつもりはない。ここは見逃してさしあげても良い。

政権の罪は、むしろ、彼らの日常動作の中にある。たとえば、行政文書を前例通りに記録・保存するという行政の担当者としてのあたりまえの習慣を、安倍晋三氏とその追随者たちは、政権を担当したこの八年の間に完膚なきまでに破壊した。それだけではない。彼らは、自分たちの政治資金の出納を真っ当に報告するという、政治家としての最も基本的な義務すら果たしていない。かてて加えて、安倍政権の中枢に連なるメンバーは、正確な日本語を使い、公の場でウソをつかないという、日本の大人として守るべき規範をさえきれいにかなぐり捨ててしまっている。おかげで、わたくしどものこの日本の社会では、日本語が意味を喪失し、行政文書が紙ゴミに変貌してしまっている。でもって、血統と人脈とおべっかと忖度ばかりがものを言う、寒々とした前近代がよみがえりつつある。

結論を述べる。安倍政権は外交と経済をしくじり、政治的に失敗しただけではない。より重要なのは、彼らがこの国の文化と社会を破壊したことだ。私はそう思っている。一刻も早くこの国から消えてもらいたいと思っている。

（「日刊ゲンダイ」二〇二〇年二月二二日）

2

言葉と空気。

データは人生であり、墓碑銘である

財務省が、学校法人「森友学園」(大阪市)への国有地売却の交渉記録を記した文書や電子データを廃棄・消去したとされる問題で、同省は六月二日までに当時使用していた情報システムを更新したことを発表している。

システムの更新自体は、まあ、よくある話だ。

デジタルコンピュータシステムの端末にぶら下がっている人間は、システムの更新にともなって発生するトラブルやら間違いやら手続きミスのおかげで、多かれ少なかれ痛い目に遭った経験を持っている。私自身、この三〇年ほどの間に、ハードディスクがまるごとおシャカになった事故を二度ほど経験している。OSのアップデートの手順をしくじって大切なデータを消してしまったことも二回や三回ではない。

そういう悲しい事態に遭遇するたびに、わたくしども古手のオタクは、

「データの一滴は血の一滴」

という、アップルII時代から語り伝えられているデジタル技術格言を思い出しては、あらためて心に刻み込んでいる。

まことに、データほど尊いものはない。

データは、自分自身が生きてきた証でもあれば、私という人間の魂の反映でもある。

その意味ではわが子と同じだ。

言葉と空気。

2／

過日、その「データの一滴は血の一滴」であることを骨身に刻み込んでいる三〇年来のパソコンユーザーである私にとって、到底受け入れがたいニュースが流れてきた。

朝日新聞が伝えているところによれば、

《学校法人「森友学園」（大阪市）への国有地売却の交渉記録を記した文書や電子データを財務省が廃棄・消去したとされる問題で、同省は〔六月〕2日までに当時使用していた情報システムを更新した。運営を委託していたNECが近くデータを物理的に消去する作業に入る。—略—》

というのだ。

なんということだ。

こんなバカなニュースがあるだろうか。

私の観察範囲の中では、今年一番のバカニュースと申し上げて差し支えないかと思う。二番は無い。二番目以降は問題外だ。

今年のバカニュースはこれに尽きると、いまの段階から断言しておきたい。

それほど愚かなニュースだ。

このニュースを知って以来、私は少々逆上している。

アタマの中で、かなり乱暴な言葉で、財務省をののしっている。

大変に腹を立てている。

いくらなんでも、データというものをあまりにもバカにしたやりざまだと思うからだ。

NECにもがっかりしている。

NECと言えば、私が生まれてはじめて自腹で購入したPC－8001（初代は一九七九年発売）というマシンを作っていたメーカーだ。

購入した当時、そのPC－8001の内部メモリは、実に、8Kバイトだった。

8G（ギガ）でも8M（メガ）でもない。ただの8K（キロ）である。現在使っているiMacの実に一〇〇万分の一の記憶容量だ。

ついでに申しておけば、当時、外部記憶装置は持っていなかった。

つまり、データは原則として、記録不能だったわけだ。

2／

ハードディスクは、一般市場向けにはまだ提供されていなかったし、CDもまだ開発中、フロッピーディスクは一〇万円以上する、高嶺の花だった。

そんな状況下で、われわれがどうやってデータを記録していたのかというと、音楽用のカセットテープを使うのである。

私たちはプログラムを書くと、それをオーディオ用のテープレコーダーに音声として記録して（FAXと同じような仕組み……と言ってももう分からない人が多いのでしょうね）、その音声を再度デジタルデータに変換することで、ファイル記録の代用にしていた。たしか一五分のテープに32Kバイトのデータが入った。そういう時代だったのだ。

であるから、私は、そのPC黎明期を知るNECの人間が、デジタルの記録文書を「物理的に消去」するという空恐ろしい作業に、どうして手を染める気持ちになったのか、その経緯をどうしても想像することができない。

なぜなら、データの一滴が血の一滴であり、メモリの1Kが涙の1Kであることを誰よりもよく知っているのは、日本ではじめて本格的なパソコンを市販して成功させたメーカーであるNECの人々であるはずで、その彼らにとって、得意先の人間が作ったデータであっても、データである以上、それは流れる血と同じもので、そのNECのシステム技術者が、「データを物理的に消去」するということは、医師が患者を縊《くび》り殺すことに等しい、絶対にあってはならない職業倫理違反であるはずだからだ。言っていることがめちゃくちゃに聞こえるかもしれないが、そのくらい怒っていると思って欲しい。

「データの一滴は血の一滴」

というこの格言を教えてくれたのは、一九八〇年代の半ば頃、私が当時時々出入りしていたアスキーの中の「メゾン」と呼ばれている宿泊労働施設にタムロしている若いプログラマだった。

「いいですかオダジマさん。ソフトウェアなんてものは、あんなものはどうにでもなります。特に市販のアプリケーションだの言語だのは壊れたり消えたりしたところで、探せば必ずどこかに転がってるものだし、そうでなくても、最悪、カネを出せば買えます。オペレーティングシステムも、ハードウェアも、周辺機器もしょせんは道具です。どんなにひどいことが起こったのだとしても、とにかくカネさえ出せばどうにでもなります。でも、自分で書いたコードやテキストは一度消してしまったら絶対に復活しません。何億円積んでも戻って来ません。隣のマシンのメモリに残っていることもありません。だからデータは何重にもバックアップをとって厳重に保管しておかないとダメなんです。フロッピー代をケチるヤツは本当のバカです。人間のクズです」

2／言葉と空気。

と、彼は、アタマがスパークしている時のプログラマに特有な早口でまくしたてたものだった。

私自身、パソコンがらみでは、電源ユニットの突然死やOSのクラッシュにはじまって、メモリの熱暴走、ハードディスクの頓死、ディスプレイモニタの突然死、液晶の破壊、アプリの発狂、落雷による全ハードウェアの即死に至るまで、あらゆるタイプの悲劇を経験してきた人間であるわけだが、最終的に一番こたえたのは、ほかのなによりもデータの喪失だった。

ハードウェアの破損は、買い直すことで乗り越えることができる。というよりも、つい一〇年ほど前まで、われらがパーソナルコンピュータは、常に劇的な進化の途上にあったわけで、それゆえ、古いマシンの機能停止は、そのまま新しいマシンへの乗り換えという意味で、半分以上はわくわくする福音として受け止め得る経験だった。

しかしながら、データの喪失は、言葉の真の意味で死を意味している。それほどに痛い。

いま、私のエディタは「遺体」という変換候補を提案して来たが、まったくその通りで、データを消してしまった時の気分は、自分自身が突然遺体になってしまった時の気持ちとそんなに変わらないものなのだ。

西暦二〇〇〇年以前の原稿を記録しておいたCD－Rが、ある日読み出し不能になっていることを発見した時の、あの暗い気持ちを、私はいまだに忘れることができない。

そのCD－Rの中には、血の出るような作業の結果としてのテキストデータがおよそ一〇年分記録されていた。

破損の原因は不明だ。

もしかしたら、うっかり太陽光にでもあててしまったのか、保管の仕方が悪くて記録面を傷付けてしまったのか、あるいは、粗悪な初期のCD－R製品は、そもそも五年程度で磁気が飛んでしまう仕様だったのかもしれない。

いずれにせよ、フロッピーディスク時代から様々なメディアに書き記し、転記し、書き溜め、何代ものマシンを経由して集約されたその原稿データは、

「おお、一〇年分の原稿データぐらいなら一枚のCD－Rにすべて記録できるぞ」

という私自身の愚かな思い込みと愚かな集約作業のせいで、二度と帰ってこない磁気の藻屑《もくず》になった。

久しぶりに取り出したCD－Rが読み出し不能だった時の喪失感は、今思い出しても、いやな汗が出る。

「おい、うそだろ?」

全身の血の気が引いて、目の前の景色が白っぽく変化して行くのがありありとわかった。

2／言葉と空気。

それから、別のマシンの別のCDドライブを試してみたり、CD再生のためのキット（↑まあ、磨くわけです）を購入して試してみたり、家電量販店のCD再生サービスに依頼してみたり、およそあらゆる努力を繰り返したが、データは二度と読み出せなかった。

私の一〇年間がまるごと消えたというに等しい。

そういう、経験を経て、私たちは、データに向き合っている。

聞けば、官僚にとって、文書は、命に等しいものだという。

というのも、彼らが作成した文書は、自分たちの仕事の結果であるのみならず、将来に向けての前例でもあれば、何か問題が発生した場合の参照先でもあり、結局のところ、彼らの行動と意思、そして仕事への誠実さをゆるぎない形で記録した、彼ら自身の墓碑銘でもあるからだ。

であるから、どんな些細なメモであっても、心ある役人は、決して捨てない。

彼らが、文書を捨てたり焼却したり処分したり破砕したりするのは、彼らが、何か後ろ暗い作業の証拠を隠滅しようと決意した場合に限られる、と、私はそういうふうに受けとめている。

もっとも、紙に記録された書類が、時間の経過にともなって、思いのほか巨大なスペースを侵食するという話は、いろいろな方面から聞く。

さる知り合いの法律関係者がいつだったか言っていたところでは、訴訟や調査に関連して発生する書類を五年間保管しておくだけのことで、事務所の一部屋が埋まってしまう量になるものらしい。

千代田区内の決して安くない家賃の一部屋がまるごと書類で埋まるということは、書類の保管コストがそれだけバカにならないということでもある。

そういう意味から考えれば、オフィスなり官庁なりのトップが、保管コストや検索性の限界を鑑みて、ある程度年数を経た書類を、一定の基準に従って廃棄しようと画策することには、一定の正当性があるのかもしれない。

しかしながら、今回財務省が「物理的に消去」しようとしているデータは、デジタルデータだ。

ということは、ハードディスクなり磁気テープなりに記録しておけば、保管コストは、お役所にとっては事実上、ほとんどゼロだろう。スペースも机一個分あれば十分に足りるのではないか。

にもかかわらず、彼らがそれを「物理的に消去」せんとするのは、いったいいかなる事情を反映しての態度なのであろうか。

まあ、ここから先のことは私にはどっちみち見当がつかない。

だから黙る。

ただ、デジタルデータを「物理的に消去」（つまり、磁気記録を磁気的にデリートする処理とは別次元の消去、すなわち、記録媒体そのもののブツとしての文字通りの破壊を意味しているのだと思う）するという、たわけた言明を、私はどうしてもまっすぐに受け容れることができない。

他人に事情を説明する言葉として、あまりにも荒唐無稽かつ不自然かつ不誠実だと思うからだ。これは、いち役所だけではなく、現政権全体に通じる態度だ。

私は、現在の政権の一番の問題点は、国民に対して、起こっていることをまともに説明しようとしないところだと思っている。

森友学園の問題が追及されはじめた当初から、政府側の回答は、ほとんど意味を為していなかった。

佐川宣寿理財局長は、国会答弁の中で、

「それぞれの処分についての個別の会議につきましては、改めて私どもの方から確認するということを控えさせていただきたいと申し上げている」

というこの回答と同じ意味の言葉を、何度も何度も繰り返し繰り返し回答している。

この回答は、「イエス」でも「ノー」でもない。

「わからない」とも言っていないし「おぼえていない」とさえ答えていない。

彼は、「確認するということを控えさせていただきたい」と言っている。

これは要するに、「私は質問に対して答弁するつもりがない」ということで、実質的には「おまえのかあちゃんでべそ」と言っているのと変わりがない。

要するに、彼は、質問者を愚弄しているのである。

森友問題や、加計《かけ》学園の問題について、私自身は、必ずしも、巨大な不正が隠されているとは限らないと思っている。

案外、突き詰めてみたら、法律的には立件できないレベルの、ちょっとした仲間内の公私混同事案に過ぎないのかもしれないという感じを受けてさえいる。

が、問題は、そこではない。

何が隠れているのであれ、隠れていないのであれ、この半年ほどの国会答弁を眺めていて、とにもかくにも異様な印象を抱かせられるのは、政権の幹部ならびに関係省庁の官僚たちが、野党からの質問に対して、ほとんどまったく誠実な回答を提供する意思を見せていない点についてだ。

手続き上の不正や資金疑惑や税金の無駄づかいが実際にあるのかどうかとは別に、私は、現政権の最も大きな罪は、国会を愚劣な言葉がやりとりされる場所に変貌させてしまった点だと考えている。この点に限っていえば、安倍政権は、私が六〇年の間に見てきたどの政権よりも悪質だ。

菅義偉官房長官は、加計学園の認可に関連して、「総理の強いご意向」を示唆する文書の存在が報道された時、その文書について
「まったく怪文書みたいな文書」

という言葉で論評して、最後までマトモに取り合わなかった。

文科省の前事務次官が、実名顔出しで、当該の文書の真実性を証言すると、今度は
「貧困問題のために出会い系バーに出入りし、且《か》つ女性に小遣いを渡したということでありますが、さすがに強い違和感を覚えましたし、多くの方もそうだったんじゃないでしょうか。常識的に、教育行政の最高の責任者がそうした店に出入りし、小遣いを渡すようなことは到底考えられない」

「自ら辞める意向を全く示さず、地位に恋々としがみついておりました」

と、文書の内容には触れず、もっぱら証言した前川喜平前事務次官の人格を攻撃する言葉を並べ立てている。

さらに、朝日新聞の取材に答えて、文科省の現役職員が、当該の文書が省内の複数の部署で「共有されていた」旨を証言すると、これに対しては、松野博一文科相が、「出どこ

ろが明確になれば、調査に関して対応を検討したい」という意味の回答をしている。

普通の理路で考えれば、出どころが明確になっていないからこそ、調査しなければならないと思うはずなのだが、松野文科相の言い方だと「わからないから調査しない」という謎のような話になってしまう。

まるで、空腹だから食べたくないみたいな話だ。

政権まわりの人々のこれらの回答は、はじめから答えるつもりを持っていない人間のしゃべり方で、報道や野党の質問にその都度答えている言葉も、とりあえず、その場をしのいでみせているレトリックに過ぎない。

ここまで不誠実な回答を繰り返す背景には何があるのだろう。

「血の一滴」であるデータをあっさり消してしまおうとする財務省の行動を見ていると、この人達って「不都合になったら、消去すればいい」くらいに思っているんじゃないか、とさえ思えてくる。

くわばらくわばら。


(「ア・ピース・オブ・警句」二〇一七年六月九日)

2／

「共謀罪」がこともなげに成立してしまう背景

「共謀罪」は近いうちに成立するだろう。

既にいくつかの媒体を通じて明らかにしている通り、私は、今国会に提出されている「テロ等準備罪法案」を支持していない。

とはいえ、当法案がほどなく成立することは、既定の事実だと思っている。法案が否決される可能性にも期待していない。つまり、あきらめている。

「簡単にあきらめてはいけない」

「法案の成立を阻止するために、あらゆる手段で、共謀罪の危険性を訴え続けるべきだ」

「政治が参加の過程であることを思えば、傍観者になるのが一番いけないことだ」

「あきらめることは、共謀罪の成立に加担するに等しい敗北主義者の態度だ」

という意見があることは承知している。

でも、私はあきらめている。

もっと言えば、奇妙な言い方ではあるが、私は、この件については、あきらめた先にしか未来がないと思っている。

というのも、私たちは、国政選挙を通じて、現政権ならびに与党勢力に、法案を単独で可決するに足る議席を与えてしまっているからだ。このことを忘れてはならない。というよりも、共謀罪に反対する立場の人間であれば、なおのこと、政権与党が備えている力の大きさを直視しなければならないはずなのだ。

別の言い方をすれば、共謀罪に反対する人々は、その自分たちの考えが、当面、何の実効性も持っていないことを認めるところから出発しないと、次の段階に進むことができないということだ。

その「次の段階」の話は、後で述べる。

世論調査の結果や、ネット上での議論を見るに、「共謀罪」(この法律について「テロ等準備罪」と書いているメディアもあるが、当稿では、私自身が以前から「共謀罪」と呼んできた経緯を踏まえて、「共謀罪」と、カギカッコ付きで表記する)に警戒心を抱いている国民は、そんなに多くない。

金田勝年法相の答弁のお粗末さにもかかわらず、共謀罪への懸念が大きな声になってい

2／

言葉と空気。


ないのは、そもそもこの法案の危険性への認識が共有されていないからなのだろう。

このことは認めなければならない。

ということは、多くの国民は「共謀罪が一般国民を捜査対象としていない」という与党側の説明を鵜呑みにしているのだろうか。

私は、必ずしもそう思っていない。

いくらなんでも、わが国の一般市民は、こんな粗雑な説明をいきなり鵜呑みにするほどおめでたくはない。

捜査側が、捜査したい対象を「一般国民ではない」と決めつけにかかるだけの話だという程度のことは、多くの国民はクールに認識しているはずだ。

にもかかわらず、多くの日本人は、自分にとって共謀罪は脅威にならないと考えている。

どうしてそう思うことができるのだろうか。

私の思うに、ここのところの経緯は、相当にややこしい構造を含んでいる。

説明しようとすれば、一般の国民が自分自身をどんなふうに認識しているのかということと、多くの国民が、どんな国民を「一般国民」であると考えているのかを含む、かなり錯綜した話になるはずだ。

ともあれ、なるべく順序立てて説明してみることにする。

まず、大多数の日本人は、自分たちが「共謀罪」によってひどい目に遭うことはあり得ないと考えている。

なぜ彼らがそう思うのかというと、その根拠は、彼らが、自分たちを多数派だと信じ込んでいるからだ。

このことはつまり、多数派の日本人が、「共謀罪」を、少数派の日本人（←たとえ表向きき「一般国民」であっても）を網にかける法律だと思っていることを意味している。

では、どうして、大多数の日本人が自分を多数派であると考えているのかというと、彼らの自己意識は、そもそも自分が多数派であるという決して動かない大前提から出発しているものだからだ。

ここの理屈はおかしい。循環論法に陥っている。「犬が犬なのは犬が犬を犬だと思っているからだ」みたいな話に聞こえる。が、実際にその通りなのだから仕方がない。大多数の日本人が多数派なのは、われわれが多数派であることを何よりも大切に考えている国民だからで、このことはほぼ全員の日本人が認めなければならない大前提なのだ。

じっさい、大多数の日本人は、なにごとにつけて常に多数派であるようにふるまうべく自らを規定している人々なのであって、それゆえ、少数派である瞬間が、仮に生じたのだとしても、その時点で即座に彼らは、自分の考えなりライフスタイルなりを捨てて多数派に鞍替えするのであるからして、結局のところ、われわれは、永遠に多数派なのである。

「彼ら」という主語と「われわれ」という主語が、野放図に使われていることに違和感を覚えるムキもあるかもしれないが、われわれ日本人が自分たち自身を客観視しようとする時、主語は集合無意識の中に溶解するのであって、彼らはわれわれなのであるからして、問題はない。混乱している読者は、まだまだ日本人として修行が足りないと、そう考えるべきだ。われわれは、主語を必要としない。なぜなら、諸君は私であり、私たちはすべてであり、われわれは無だからだ。

たとえば、われわれは、卒業式で君が代を歌う。

なぜか？

国を愛しているからだろうか？

心から歌いたいからだろうか？

まあ、そういう人もいるだろう。

しかし、大多数の日本人が式典やセレモニーに際して君が代を斉唱するのは、「ほかのみんなも歌っているから」だ。

振り返ってみるに、ほんの三〇年ほど前までは、君が代の斉唱が求められる場面で、多くの中高生は、君が代を歌わなかった。

なぜだろうか。

彼らは国を愛していなかったのだろうか。

自分の声を恥じていたのだろうか。

まあ、そういう生徒もいたはずだ。

が、多くの中高生たちは、「ほかのみんなが歌っていないから」という理由で、君が代を歌わなかった。それだけの話なのだ。

家電量販店でも、店員が最も頻繁に遭遇する質問は、「どの製品が一番売れてますか?」だと言われている。

つまり、われわれは、自分の生活にフィットした冷蔵庫や、自分の好みに合ったエアコンや、自身の可処分所得から買える範囲のタブレット端末よりも、なにより、「ほかのみんなが買い求めている一番無難な」製品を選ぼうとする国民なのである。

これらの事実が指し示しているのは、われわれが、「同調的である人間」を「われわれ」の仲間であると感じ、「同調的でない人間」を、「彼ら」「あの人たち」「あいつら」「変な人たち」として分類し、その同調的でない彼らを、犯罪に加担したとしても不思議のない人間であると認識し、危険な匂いを嗅ぎ取り、「共謀罪」の捜査対象として差し支えない人物と考えるということだ。

つまり、「われわれ」は、どんな場合でも、絶対に無事なのである。

とすれば、自分たちとは違う考え方をしていて、自分たちとは異なった行動をとり、自分たちとは明らかに相容れないマナーで世間と対峙している一群の人々を、お国が、証拠の有無にかかわらず、テロなり犯罪なりの準備や共謀の可能性を根拠に捕縛したり捜査したり尾行したりすることは、むしろ治安のために望ましい措置だと、彼らが考えるのは至極当たり前ななりゆきではあるまいか。

朝日新聞は、ここしばらく、様々な立場の人々の「共謀罪」への見解を紹介する企画記事を連載している。

五月一三日掲載分では

《反権力はかっこいいが　不肖・宮嶋、「共謀罪」を語る》

という見出しで、写真家の宮嶋茂樹さんのインタビューを聞き書きの形で掲載している。

記事の中で宮嶋さんは、

《「共謀罪」法案に賛成する》

とした上で、その理由のひとつについて

《若い頃、大物右翼の赤尾敏氏（故人）を撮影した写真展を開いた。最初に会場に来たお客さんが「よう、宮嶋君。いい写真だね」と言う。公安刑事だった。身辺を洗われていると感じたが、別に悪いことはしていない。不肖・宮嶋、女の好みとか警察に知られたくない秘密はある。だけど、少しくらい監視されたって枕を高くして眠る方がいい。》

と説明している。

「少しくらい監視される」のは、もちろん宮嶋さん自身のことを言っているのだと思うが、一方「枕を高くして眠る」のも彼自身を指して言っているように読み取れる。つまり、宮嶋さんは、公安に少しぐらい監視されても、その程度のことで不眠に陥る不安を感じることは無いということなのだろう。で、彼としては、むしろ、「共謀罪」によって公安が自在に活躍できる環境が整ってテロリストを捕縛してくれることで、「枕を高くして」（つまり安心して）眠れるようになるのなら、その方がありがたい、とそう言っている。

自分がうしろめたいことをやっていないのであれば捜査はされても立件されることはあり得ず、まして冤罪で有罪判決を受ける可能性は金輪際無いと信じ切っているからこそこういうことが言えるのだと思う。

この点については、宮嶋さんがそう考えるのならそうなのだろうと受け止めるしかない。

私自身は、「共謀罪」が施行されて仮に自分が公安に身辺を洗われることになった場合、到底枕を高くして眠る気持ちにはなれない。が、誰もが世界に対して私と同じ見解を抱くべきだということを言い張ろうとは思わない。

ついでに申し上げるなら、宮嶋さんが、反権力の立場を明らかにしている人たちの態度を、「かっこいい」からそうしているかのように言っていることに、私は賛成できない。とはいえ、これもまあ、宮嶋さんの目にそう見えている以上、私がムキになって否定するようなことでもない。

「お前がそう思うんならそうなんだろう。お前ん中ではな」

という、定番のセリフで処理するのが穏当な態度だろう。

ただ、彼が

《わしは「共謀罪」法案に賛成する。世界情勢を見れば、テロ対策の強化が必要なことは明らか。捜査機関による監視が強まるという批判もあるが、政府は「一般市民は対象にならない」と説明している。そう簡単にふつうの市民を逮捕できるわけがない。》

と一般市民が監視の対象にならない見通しを述べた上で

《むしろ共謀罪は、市民が犯罪者を拒む理由になるんじゃないか。》

と、「共謀罪」のポジティブな側面について語っている点については、異論を唱えておきたい。

ここで言う「犯罪者」とは、単に辞書にある通りの「（既に）犯罪を犯した人間」という意味ではなくて、文脈からして、「犯罪を企図している人間」あるいは、「犯罪に加担しているように見える人物」ないしは「犯罪との関連を暗示させる風体をしている人々」くらいな対象を指している。

とすると、おそらくこれは、やっかいな差別を引き起こす。

入浴施設やプールがタトゥーのある人間の入場を拒否しているどころの話ではない。外国人や、ちょっと変わった服装をしている人間や、その他、無自覚な市民感覚が「普通じゃない」と見なすおよそあらゆるタイプの逸脱者が、市民社会から排除される結果になりかねない。

「共謀罪」がもたらすであろう恐怖のひとつに、捜査関係者が、「既に犯罪を犯した人間や組織」にとどまらず、「犯罪を企図したり計画しているように見える人物」や「テロの共謀が疑われる組織のメンバー」ないしは、それらに接触した人々を捜査対象にすることが挙げられているが、同じ原則を、たとえば、飲食店や、ゴルフ場や、公民館や公共施設が顧客なり市民に適用したら、実にいやらしい社会が形成されることになる。

私はそれを恐れる。

一ヶ月ほど前に、ツイッターのタイムラインに、山口貴士さんという弁護士による《「人権」と「みんな仲良く」は相容れない。人権教育のためには、人間は分かり合えな

いこともあるし、仲良く出来ないこともあることを教えないといけない。》

というツイートが流れてきて、感心したことを思い出す。

なお、このツイートに関連して、憲法学者の木村草太さんが

《そうなんだよねぇ。分かり合えないし、仲良くもできない。でも、一緒に生きていかなきゃいけない。だから、お互いに守るべきルールを決めて、対立が生まれたときには、しっかり話し合いをして、それでも解決できなそうなら、公平な第三者に裁定してもらう。それが法システム。法学教育を推進したい。》

という感想のツイートを発信している。

以上のツイートは、「共謀罪」とは直接にかかわりのある内容ではないのだが、「社会の均質性の維持」と「地域社会の絆の強化」をなによりも重視し、犯罪の抑止のためには、「外部からやってくる」「異分子としての」「邪悪で」「日本の伝統や文化と相容れない」人々を、自分たちの生活の範囲から遠ざけることが肝要だと考えがちな人々であるわれわれに、正しい警告をもたらすメッセージとして、「共謀罪」後にやってくるかもしれない世の中の窮屈さをやわらげるために拡散したいと思っている。

冒頭で述べた話に戻る。

与党は、数え方にもよる（つまり、法案に賛成する党派をすべて「与党」と数えるのか、それとも、内閣のメンバーである「与党」と、閣外から法案に賛成している党派を別にカウントするのか、ということ）が、両院において、ともに三分の二を超える議席を確保している。

でなくても、安全策として設けられているはずの衆議院と参議院という二つの枠組みの議会の両方で、政権与党が、いわゆる「強行採決」可能な過半数を大幅に超える議席数を確保している事実は、動かしようがない。

つまり、彼らは議決に関して、自分たちの意思を通す権限を持っている。

そして、それを許したのは私たち選挙民だ。

こう考えると、グウの音も出ない。

野党がことあるごとに繰り返している「議論が尽くされていない」という主張は、一応、もっともではある。

「共謀罪」の法理について、法務大臣がまともな説明を提供できていないという各方面からの指摘も、まったくその通りで、私自身、今国会の審議ほどデタラメで不毛で失礼でバカバカしいやりとりは、見たことがない。特に金田法相の答弁は、私がこれまでに見た大臣の受け答えの中で文句なしに最低の部類に属する。

とはいえ、この先、何百時間議論を重ねたところで、採決の結果が変わらないこともまた、はっきりしている。

仮に、法務大臣が金田さんでなくて、代わりに猛烈にアタマの良い説明能力の権化みたいな大臣が、百万言を費やして「共謀罪」の意義と必要性を説いたのだとしても、だからといって野党側が「なるほどおっしゃるとおりですね」と、法案賛成にまわることもあり得ない。

ということはつまり、議論が尽くされていようが尽くされていまいが、大臣が無能だろうが有能だろうが、審議が白熱しようがシラけようが、法案についての説明責任は果たされていようがいまいが、法案の可否は、結局のところ、最終的に、与野党双方の議席の数を反映するカタチで決まることに変わりはないわけで、誰がどうわめいたところで、結果ははじめからわかりきっているのである。

これは、ほどなくやってくる採決が乱暴かつ不当な経緯を踏んだものであるのだとしても、経緯の不当さを訴えることで、採決の結果をひっくり返すことは不可能だということでもある。

野党側が、今国会に与党側が繰り広げている一連の無体なやりざまを訴える先は、まだろっこしいようではあるが、次の選挙のための下地づくりの部分に限られる。

「あなたがた有権者は、こんなにひどい国会審議をしている与党議員に対して、これからも与党としての議席を与え続けるつもりなのですか」と問いかけるのが精一杯だということだ。

結論を述べる。

いま現在、「共謀罪」に反対する気持ちを抱いている人間にできることは、「こんなにも杜撰《ずさん》な説明で法案を通そうとしている人たちに、単独での議決を強行するに足る議席を与えてしまった自分たちの投票行動をしみじみと反省すること」と、「次の選挙では、間違っても前回と同じミスをおかさないように、現在起きていることをしっかりと記憶しておくこと」くらいだというのが、前半部分で伏線を張っておいた「あきらめた先の未来」だということになる。

まあ、たいした未来ではない。

私は、半ばあきらめている。

（「ア・ピース・オブ・警句」二〇一七年五月一九日）

2

残るならなくしてしまえ議事録を

八月の最終週、経済産業省の内部で「議事録不要」を呼びかける文書が配布されていたことが発覚した。

八月三〇日付の毎日新聞の記事によると、三月の下旬、経産省の課長級職員が出席する会議の場で幹部が

「官房副長官以上のレクチャー（説明）では議事録を作成しないように」

という旨の指示をしたのだという。

遡って三月一二日には、森友問題関連の文書改竄が発覚、各省庁が文書管理のガイドラインに沿って作業の見直しをはじめていたはずの時期だ。その同じタイミングで経産省が、現場の官僚に議事録の作成そのものを阻止する指示を出していたことになる。

会議の出席者は、記者の取材に「官邸に行ったらメモを取るなという意味だと理解した」と語ったのだそうだが、実際、現場としては、上から圧力をかけられたというふうに受け

止めるほかにどうしようもなかっただろう。

個人的に、現政権の最大の問題点は、個々の閣僚の言動の是非や、実行している政策の評価は別にして、然るべき行政の手続きを公然と無視しているところだと思っている。

彼らは、公文書を「破棄」（財務省が森友学園との面会記録を即日破棄したことを国会答弁している）し、「隠蔽」（南スーダンPKO＝国連平和維持活動＝の日報は、実際には保管されていたにもかかわらず、当時の防衛大臣、稲田朋美氏によって「廃棄された」と答弁されていた）し、「黙殺」（内閣府が文部科学省に加計学園獣医学部の早期開設を促したいわゆる「総理のご意向」文書は、文科省内からリークされるまで無視されていた）し、さらには、「改竄」（森友問題に関連して、財務省内部では、決済済の行政文書を当時の国会答弁と辻褄を合わせるために書き換えていた）してきたのだが、このたび、そもそも自分たちの仕事を文書の形で残さない「非作成」という新基軸を打ち出してきたことになる。

いまさら私のような者が手柄顔で指摘することでもないのだが、官僚の仕事はすべて文書として記録される建前になっている。これを文書主義という。官僚がすべての仕事を文書の形で記録するからこそ、行政の評価や、引き継ぎが可能になる。何らかの間違いがあった場合でも、記録があれば、それに基づいて訂正ややり直しができる。

行政官僚が文書を残さなかったら、国による行政の実態が国民の目に見えなくなる。ということはこれは、民主主義の根幹を支える行政の透明性が失われることにほかならない。

つまり、役人が文書を残すことは、飲食店の従業員がトイレの後に手を洗うのと同じく、仕事をする上での大前提なのであって、こんなことをいまさら指摘しなければならない現今の状況は、明らかな異常事態なのである。

さてしかし、経産省による議事録不作成の指示に関する報道は、第一報が流れてから一週間を経過した現在に至るも、さしたる反響を呼んでいない。どうやら、われわれは、行政文書軽視の現状に「慣れて」しまっている。

恐ろしいのは、自分たちが行政の怠慢に慣れていることを、もはや誰も不思議に思っていないことだ。

われわれは、ゆっくりと腐敗しつつある。しかも、自分たちの放っている腐敗臭を嗅ぎ取ることすらできない。となると、私たちに付いている鼻も、すでに不要だということだろうか。うむ。残念だ。


（「pie in the sky」二〇一八年九月一四日）

明るみに出すための暗闘

内閣府と日銀の間で経済統計をめぐる綱引きが行われているらしい。

一一月一三日付の日経新聞の朝刊によれば、政府統計の改善策などを話し合う統計委員会の下部会合で、日銀の調査統計局長（記事内では実名）が内閣府の統計担当者に基礎データの提供を求めたという。こういう話が実名入りで記事化されていること自体、異例だと思うのだが、背景には内閣府によるGDPの計算精度への根強い不信感がある。だからこそ日銀は自らの手でGDPを算出するべく内閣府に計算の元となるデータの提出を求めたのだろう。

記事は、さらに踏み込んで、内閣府側が「業務負担が大きい」ことを理由にデータの提供を渋ったことや、結局一部データを提供したものの、いまだに決着がついていない点を伝えたうえで、《世界でも公的統計を含むデータは重要性を増している。データの集計・管理の覇者が世界を動かす時代。統計改革の遅れは政策の方向性に影響を与え、日本経済の競争力低下にもつながりかねない。》と、文章を締めくくっている。ちなみに、見出しは《政府統計、信頼に揺らぎ》としている。

恐ろしいのは、これほどまでに驚くべき記事にすら、驚かなくなってしまっている私たちの退廃の深刻さだ。

そもそも財務省が公文書の改竄を認めた時点で、われわれはびっくり仰天すべきだった。なのに、私たちはたいして驚かず、憤りもしなかった。

であるからして、その前代未聞の不祥事を起こした組織のトップたる麻生太郎財務大臣は、なにごともなかったように留任している。同様に、現場の責任者であった佐川宣寿前理財局長も不起訴処分で逃げおおせている。

この秋に相次いで発覚した中央省庁による障害者雇用の水増し問題について、まず厚生労働省が職員の処分を見送る方針を明らかにし、続いて、一一月の一三日には総務省、経済産業省、国税庁は、職員の処分をしない考えを示している。

これらの三つの出来事は、現政権が行政の根幹を支える礎石たる「データ」を軽視していることを物語っているわけなのだが、それ以上に、国の公的機関の内部に蔓延している「倫理崩壊」の深刻さを示唆している。

間違いは誰にでもある。ミスはどんな組織でも必ず発生するものだし、行政文書や政府統計の信頼性にしたところで、常時一〇〇パーセント保証されているものではない。わかりきった話だ。

ただ、ミスがミスのまま放置されることは、ミスそのものとは別の問題を引き起こす。不祥事の責任が問われず、ミスを犯した人間に処分が下されず、行政上の瑕疵《かし》が不問に付されるのだとしたら、ミスはミスのまま永遠に繰り返されるだろうし、ミスを防ぐ手立ては事実上消滅してしまう。

つまり、大切なのは、ミスをなくすこと以上に、発生してしまったミスを検証することなのである。そして、ミスの原因を特定し、その責任者を処分しなければならない。もし、ミスへの対処から事実検証の過程と責任追及の理路を省略してしまったら、組織は組織であることを維持できなくなる。なにより倫理が崩壊し、行政権力の暴走を制御できなくなる。

GDPの多寡が問題なのではない。問題は行政のフェイク化だ。

行政の正常化のため、日銀と内閣府の暗闘が拡大することを期待している。

(「pie in the sky」二〇一八年一一月二三日)

2／

プチホリエモンたちの孤独

先日来、香港の路上を埋め尽くしていたデモは、今後、どういう名前で呼ばれることになるのだろう。

現時点（六月一九日までに報道されているところ）では、香港政府のトップが「逃亡犯条例」の改正を事実上断念する考えを示す事態に立ち至っている。

してみると、デモは「成功」したと見て良いのだろうか。

私は、まだわからないと思っている。

この先、北京の中国政府がどんな態度に出るのかがはっきりしていない以上、現段階で軽々にデモの成果を評価することはできない。

ただ、デモをどう評価するのかということとは別に、この一週間ほどは、海をはさんだこちら側からあの小さい島で起こっているデモを観察することで、むしろ自分たち自身について考えさせられることが多かった。

たとえば、香港市民のデモへの評価を通して、論者のスタンスが意外な方向からはっきりしてしまう。そこのところが私には面白く感じられた。

わたくしども日本人の香港のデモへの態度は、ざっと見て

1　中国政府を敵視する観点から香港市民によるデモを支持する立場
2　デモという手段での政治的な示威行為そのものを敵視するご意見
3　デモに訴える市民であれば、主張がどうであれとりあえず応援する気持ちを抱く態度
4　沈黙を貫く姿勢

という感じに分類できる。

だが、実際には、人々の反応はもう少し複雑なものになる。というよりも、SNS上でかわされている議論を見る限り、彼らの議論はほとんど支離滅裂だ。

理由は、たぶん、香港のデモに関する感想と、沖縄のデモへの評価の間で、一貫性を保つことが難しかったからだ。

実際、沖縄の基地建設をめぐって展開されているデモを

「単なる政治的な跳ね上がりであり、事実上の暴動と言っても過言ではない」

「特定の政治的な狙いを持った勢力によって雇われた人間たちが、カネ目当てで参加して

いるアルバイト行列にすぎない」

てな言い方で論難している人間が、同じ口で香港のデモを
「市民が自発的意思を表明した勇気ある民主主義の実践だ」
と称賛するのは、ちょっとぐあいが悪い。昨今流行の言い方で言えば、「ダブルスタンダード」ということになる。

一方、沖縄のデモを手放しで応援していた同じ人間が、香港のデモに対しては見て見ぬふりのシカトを決め込んでいるのだとすると、それもまた一種のダブスタと言われても仕方がなかろう。

で、ネット上に盤踞《ばんきょ》する党派的な人々は、互いに、敵対する人間たちのダブルスタンダードを指摘し合ったりなどしながら、結局のところ、香港のデモのニュースを、単に、消費する活動に終始していた。

どういうことなのかというと、香港のデモをめぐる論戦に関わっている人々の多くは、デモ参加者の主張そのものにはほとんどまったく関心を抱いていなかったということだ。彼らが熱い関心を寄せていたのは、当地のデモの帰趨《きすう》が自分たちの主張を補強する材料として利用できるかどうかということだけだった。

実にわかりやすいというのかなんというのか、見ていてほとほと胸糞の悪くなる論戦

だった。

彼らは、

「香港と日本の民主主義の成熟度の違い」

だとか

「公正な選挙が担保されている国とそうでない国での、デモの重要度の違い」

あるいは

「反体制的な政治活動に関わる人間が命がけの危険を覚悟しなければならない国と、首相の人形を踏みつけにしても後ろに手が回る恐れのない国での、デモに参加する人々の覚悟の違い」

あたりの前提条件を出し入れしながら、ランダムに浮かび上がる課題を、その都度自分の主張にとって有利に運ぶ方向で展開しようと躍起になっている。

実にバカな話だ。

この話題は、この六月の一六日に日比谷公園周辺で展開された「年金」に関するデモ行進のニュースをめぐって、さらに醜い形で尾をひくことになる。

これも、詳細を追うと胸糞が悪くなるばかりなので、私は別の視点から、もっぱら自分の感想を書くつもりだ。

ということで、今回は、デモをめぐる議論の行方について思うところを書こうと思っている。

最初に結論を述べておく。

私は、先の震災以来、われわれの国が、極めて内圧の高い相互監視社会に変貌している感じを抱いていて、そのことの最もわかりやすい一例として、「デモ」を危険視し、「政治的であること」を異端視するマナーが、一般市民のための「常識」として共有されつつある現状を挙げることができると思っている。

二一世紀の普通の日本人は、政治的な発言をする人間を、全裸でラッパを吹きながら歩いている人間を見る時のような目で遠巻きに観察するばかりで、決して近づこうとはしない。ましてや、話を聞くなんてことは金輪際考えない。なぜなら、自身の政治的なスタンスを明らかにすることは、寝室での個人的な趣味をあけすけに語ること以上にたしなみを欠いた、上品な隣人をどぎまぎさせずにはおかない、悪趣味でTPOをわきまえない、自分勝手で下品なマナーであって、あえて白昼堂々政治的な話題を開陳することは、社会的な自殺企図に等しいからだ。

ひとつ補足しておかなければならない。

「政治的」という言葉は、最近、少しずつ意味が変わりつつある。

まだ入院中だった六月の一一日に私はこんなツイートを発信している。

《この五年ほどの間に「政治的」という言葉は、もっぱら「反政府的」という意味でのみ使用され、解釈され、警戒され、忌避されるようになった。

政権に対して親和的な態度は「政治的」とは見なされず、単に「公共的」な振る舞い方として扱われている。

なんとも薄気味の悪い時代になったものだ。》

このツイートは、約三九〇〇回RTされ、約七一〇〇件の「いいね」が付いている。

「いいね」をクリックした全員が同意してくれたとは思わない。

しかし、同じ感想を抱いている人が相当数いることはたしかだと思う。

われわれは、「政治的」であることを自ら抑圧しながら、結果として、自分の意図とはかかわりなく、全員が「お上」の手先となって「非国民」を自動的にあぶり出す社会を形成しはじめている。

先の大戦に向かって傾斜して行く日常の中で、ある日、ふと気がついてみると、若い男女が手をつないで歩くことさえはばかられる社会が、すでに到来してしまっていた八〇年前の教訓を活かすこともできずに、私たちは、またしても同じ経路を歩きはじめている、と、私はそう思いながらここしばらくの世の中を眺めている。

2／言葉と空気。

もっとも、反体制的であろうが、現政権に親和的であろうが、どっちにしても政治に関わる態度そのものが一般社会の中で煙たがられる傾向は、この何十年かの間に、少しずつ進行してきた動かしがたい流れではあった。

ネット上で展開されるデモをめぐる論争が、毎度毎度極論のぶつかり合いに終始している現状も、結局のところ、平場の日常で政治を語ることが、タブー視されていることの裏返しだったりする。

別の言い方をすれば、極論でしか語れないバカだけが、政治について発言する社会では、賢い人たちは沈黙しがちになるわけで、そうするとますますバカだけが政治発言を繰り返す結果、政治は、どこまでもバカな話題になって行く。

二一世紀の日本人は、普通の声量で、激することなく、互いの話に耳を傾けながら政治の話をするマナーを失って久しい。それゆえ、いまどき政治なんぞに関わって、ツバを飛ばし合っているのは、政治好きというよりは、単に議論好き論破好き喧嘩好きな、ねずみ花火みたいな連中ばかりという次第になる。

不幸ななりゆきだが、これが現実なのだから仕方がない。

全共闘世代が大学生だった時代は、大学のキャンパスがまるごと政治運動の波に呑まれた政治の時代だったと言われている。

私は、彼らから見て一〇年ほど年少の世代だ。

一般的には、全共闘による政治運動が一段落して、キャンパスに空白と虚脱が広がっていた時代の学生だったということになる。

その、世間からは「シラケ世代」と言われた私たちの時代でも、政治は、依然としてキャンパスを歩き回る学生にとっての主要な話題のひとつだった。

ただ、この点は四〇歳以下の若い人たちには何回説明してもよくわかってもらえないポイントなのだが、七〇年代の学生にとって、政治は主要な話題でありながらも、なおかつ、その一方で、昼飯のサカナにして遊ぶバカ話の一部に過ぎなかった。

つまり、カジュアルな話題であったからこそ、誰もが気軽に口にしていたわけで、逆に言えば、政治向きの話題は、そうそう必死になってツバを飛ばしながら議論する話題でもなかったということだ。

このあたりの力加減は、とてもわかってもらいにくい。

私自身の話をすれば、大学時代、最も頻繁に行き来していたのは、「東洋思想研究会」（つまり創価学会ですね）というサークルに所属している（後に脱退しましたが）男だった。

民青の幹部だった男とも詩の同人誌を出しているとかの関係で、そこそこ懇意にしていた。

雄弁会というサークルにいたわりとはっきりと右寄りだった同級生（「皇室の万世一系は世界に誇り得る日本の財産だ」とか言ってました）とも、レコードの貸し借りを通じて互いに敬意を持って付き合っていた。

何が言いたいのかを説明する。

私は、自分が無節操なノンポリで、たいした考えもなく政治的に偏った人々と交友を深めていたという話を強調しているのではない。

政治がカジュアルな話題としてやりとりされている場所では、政治的な見解の違いは、致命的な対立を招きにくいものだという、とてもあたりまえの話をしているつもりだ。

であるから、若い人たちはピンと来ないかもしれないが、党派的な人々がゴロゴロ歩いていた七〇年代のキャンパスは、その一方で、その党派的な学生同士がわりとだらしなく党派を超えてツルんでいた場所でもあったのだ。

タイガースのファンは、カープのファンと相互に相手を敵視している。当たり前の話だ。だから、フィールド上でゲームが展開されているスタジアムで顔をあわせることになれば、当然、両者は罵り合うことになる。

ただ、平場の飲み屋で会えば、両者は、同じ「プロ野球ファン」という集合に属する「同好の士」になる。

つまり、出会う場所が場所なら、彼らは、話の噛み合う愉快な仲間同士でもあり得るわけで、少なくとも、インフィールドフライの何たるかさえ知らない野球音痴の課長代理なんかよりは、ずっと一緒にいて楽しい。

政治の場合は、もう少し複雑になる。

とはいえ、ネット上の、文字だけの付き合いとは違って、実際に生身の人間としてリアルな場所で話をすれば、支持政党が違っていてもまるで問題なく付き合えるはずだし、そもそも宗教や支持政党が違う程度のことで話ができなくなってしまうのは、未熟な人間の前提に過ぎない。

ネット上では、堀江貴文氏のツイートが話題になっている。

彼は、まず、今回の「年金」デモの参加者を、「税金泥棒」と決めつけている。

《ほんとそんな時間あったら働いて納税しろや。税金泥棒め。》

さらに、デモの様子を伝える朝日新聞の記事を引用しつつ

《バカばっか

「生活できる年金払え」日比谷でデモ　政府の対応に抗議（朝日新聞デジタル）》

という、挑発的なコメントを投げつけている。

このツイートにリプライする形で

《やはりあなたはそんな考え方しかできず、デモ参加者をバカばっか、と一蹴するで《（ママ）》すね。一度刑務に服した人なら人の気持ちがわかったかと思っていましたが、逆でしたね。庶民のささやかな抵抗すらこんな汚い言葉で一蹴するようなことだけはしないでほしい。人を傷つけるくらいなら黙っていなさい。》

とツイートしたアカウントに対しては、

《え？バカはバカって言われないと自覚できないだろ？》

という返答を返している。

私が強い印象を抱いたのは、堀江氏の主張の内容や口調そのものよりも、その彼の挑発的な極論を支持する人の数の多さと、その彼らの間に共有されているかに見える「連帯感」の強烈さだった。

ほとんど誰も堀江氏をたしなめようとしない。

そして、圧倒的な数のフォロワーが堀江氏の主張に賛同している。

われわれはいったいどんな異世界にまよいこんでしまったのであろうか。

以上の状況を踏まえて、私はこう書き込んだ。

《堀江貴文氏が、無礼な口調で極論を拡散するのは、彼のビジネスでもあれば持ちキャラでもあるのだろう。賛同はできないし、支持もできないが、理解はできる。

私が軽蔑してやまないのは、堀江氏によるこの種の発言に乗っかって浅薄な自己責任論を展開しているアカウントの卑怯な振る舞い方だ。》

じっさい、堀江貴文氏自身は、ときに、政府の施策をクソミソにやっつけるツイートを垂れ流していることからもわかる通り、政権に近い立場のアカウントではない。おそらく安倍首相の個人的な支持者でもないはずだ。

堀江氏は、その場その場で思いついた考えを、特に留保することなく、脊髄反射的に吐き出しているように見える。もちろん、堀江氏なりの基準で、言うべきことと言わずにおくべきことを見極めながら情報発信しているのだとは思うが、少なくとも彼が、なんらかの党派的な思惑に沿って発言内容を調整しているのではないことは事実だと思う。

ただ、それはそれとして、堀江氏のような一匹狼の論客が、政権にとって好都合な存在であることもまた事実ではある。

というのも、彼のような自己責任論者のオレオレ万能思想の実践者は、政府には一切期待しないわけだし、仮に政権に失策や不正があっても、まるで気にしない立場のインフルエンサーだからだ。

そんなわけで、「政治なんてそんなもんだろ?」「ってか、人間なんてもともと利己的なわけでどこが問題なんだ？」式の、北斗の拳（↑古い）式の中二病的ニヒリズム&自己超克思想を体現しているホリエモンは、自己啓発書籍にハマりがちなオレオレヒロイズム&一発逆転ロマンチシズム酩酊者にとってはヒーローになぞらえるに最もふさわしいピカレスクなキャラクターになる。

ついでに申せば

・独立独歩
・背水の陣
・一点突破全面展開
・自己責任
・背水の陣
・徒手空拳
・この広い世界にオレ一人

という、自己陶酔的な世界観にカブれているプチホリエモンたちにとって、デモに集う人間は、「大勢でツルんでいる」時点で、どうにも矮小な存在に見えているはずだ。

「オレはどこまでもオレ自身としてオレ一人で勝負してやんよ」と思い極めているホリエモンフォロワーたちは、実際のところは「無党派層」という圧倒的なマジョリティーに属している。
しかしながらその一方で、そのマジョリティーを微分した一人ひとりの無党派の個人は、自分を孤立無援の徒手空拳の独立独歩のマイノリティーだと思いこんでいたりする。で、自身を孤独なマイノリティーだと思いこんでいるからこそ「徒党を組む脆弱な個人の集合体」である、デモの人々を心の底から軽蔑しているわけなのだ。

さて、堀江氏による一連のツイートのハイライトは、米国在住の映画作家・想田和弘氏の

《デモに参加するとなんで「税金泥棒」になるのだろうか。デモに参加するとどうやって税金を泥棒できるのだろうか。意味がわからない。香港のデモに参加した200万人は税金を泥棒しているのだろうか。》

という問いかけに対して

《お前相変わらず文脈とか行間読めねーんだな。親切に教えてやるよ。このデモに参加してる奴の大半は実質的に納税してる額より給付されてる額の方が多いんだよ。それを税金泥棒って言ってんだよ。》

と回答した言葉の中にある。

この回答の中で、堀江氏は、納税額の少ない人間は、発言権も抑えられてしかるべきだという、空恐ろしい高額納税者万能思想をうっかりもらしてしまっている。

このおよそ尊大な思想に乗っかる形でデモ隊を罵倒しているプチホリエモンたちは、もしかして、富豪揃いのメンバーズなのだろうか。

たぶん、ノーだ。

ネット上の架空人格として、富裕層の自分を選んだアカウントが多かったということなのだと思う。

つまり、彼らはそれほどまでに孤独なのだ。


（「ア・ピース・オブ・警句」二〇一九年六月二一日）

破棄、改竄、受領拒否、お次は？

政府は、六月一八日に開催された閣議で、退職後の老後資金として「二〇〇〇万円が不足する」とした金融庁の審議会の報告書に関する野党議員からの質問主意書について、「回答を差し控えたい」とする答弁書を閣議決定した。

「こんなことまで閣議で決めるのかよ」という定番のツッコミは控えておく。

政府が閣議決定をするのは、議員から質問主意書が提出されているからで、ということは、内閣が奇妙な閣議決定を連発している理由の少なくとも半分は、野党側が奇天烈な質問主意書を連発しているからでもあるからだ。

とはいえ、今回のケースに限って言えば、野党側の質問は、しごく穏当なものだ。さらに、大げさに言えばだが、「回答を差し控えたい」という回答は、言論の府たる国会の存在意義そのものを全否定しかねない。なんとなれば、野党の質問を政府が黙殺できるのであれば、国会での議論はそもそも成立しようがないからだ。

思うに、無理無体は、いきなり押し通されるものではない。この種の横紙破りがまかり通るためには、それ以前にそれなりの準備が整えられていなければならない。

振り返ってみるに、現政権は、まず、PKO派遣された自衛隊の日報をはじめとする各種の公文書や行政記録を、「廃棄」するという手段をもって、野党やジャーナリズムからの批判の声をはぐらかすことを常態化してきた。

森友・加計問題をめぐるやりとりの中で明らかになったところによれば、財務省の面談記録などは、当日限りで廃棄されていたのだという。

次に彼らは、森友学園をめぐる財務省の決裁文書を、意図的に改竄するという明らかな犯罪を敢行してまで、行政の手続きをまるごと闇に葬った。

これまた、前代未聞のやりざまだ。

最近明らかになったところでは、安倍首相が首相官邸で省庁幹部と面会した際の記録について、官邸では面談記録を作成していない。記録は、省庁の側にまかされており、その保管や廃棄についても先方まかせだ。

申すまでもないことだが、文書主義は、民主主義を支える一方の基盤だ。というのも、行政の執行過程や、各種政府機関における会議や報告を記録した文書が存在していなければ、誰も政治を監視できなくなるからだ。であるからして、文書記録が消えた国では、民主主義は死滅せざるを得ない。

さて、ここへ来て政府は、自ら任命した審議会が上げてきた報告書を「受け取らない」という新基軸を打ち出してきた。

さらに彼らは、「政府が受け取っていないのだからその報告書は存在していない」という強弁をもって、金融庁由来の文書を世間の記憶から葬り去ろうとしている。

今回の「回答を差し控える」という閣議決定は、「受け取らなかった報告書は、存在しないのだからして、その報告書の内容にかかわる質問もまた空理空論に過ぎないわけで、それゆえ、われわれは回答を拒絶するのである」という驚天動地の宣言を含んでいる。

……さてしかし、内閣支持率は堅調だ。私たちは何を見ているのだろう。

古代インドの聖典リグ・ヴェーダには、次のような一節が記されているのだそうだ。

「人はどんなことにでも慣れてしまう」

私自身、うんざりし慣れてきている。


(「pie in the sky」二〇一九年六月二八日)

2／

観測気球は魔の三角地帯に消えた

　七月二六日の夜に放送された、櫻井よしこ氏司会のインターネット番組の中で、自民党の萩生田光一幹事長代行が、大島理森衆議院議長の交代を示唆した。

　具体的には、萩生田氏は、

「今のメンバーでなかなか動かないとすれば、有力な方を議長に置き、改憲シフトを国会が行うのは極めて大事だ」

　という言葉で、改憲シフトのための議長人事の必要性を語っている。

　驚くべき暴言と申し上げねばならない。衆議院の議長を、いったいどこの誰が、いかなる権限において、「交代」あるいは「更迭」できるというのだろうか。立法府の長である衆議院議長のクビを、内閣のメンバーがすげ替えることは、三権分立の原則からして、不可能だ。行政府のいちメンバーに過ぎない幹事長代行が、衆議院議長の人事に言及するなど、重大な越権行為以外のナニモノでもない。

当然、この発言には、各方面からの反発の声が集中した。毎日新聞が三〇日付の記事でまとめているところによると、まず立憲民主党の手塚仁雄《よしお》衆院議運委野党筆頭理事が「無礼千万だ。人事権がない方がどうしてそういう話をされるのか」と批判している。改憲に前向きとされる日本維新の会からも「さすがに言い過ぎだ」（幹部）との声が漏れたのだそうだ。

与党内では、高市早苗衆院議院運営委員長が二九日、国会内で記者団に「賛同できるものではない。議長は憲法審のことだけやっているわけではなく、衆院全体の運営に責任を持っている」と指摘。さらに公明党の石田祝稔《のりとし》政調会長も「発言の意図も含めて首をかしげる。何のプラスにもならない」と突き放している。

三〇日には、二階俊博幹事長が、記者会見の中で、萩生田幹事長代行に対し「立場を考えて慎重に発言するように」と注意したと明らかにしており、翌三一日には、森山裕国対委員長が、記者団の質問に答える形で、萩生田発言について、「議長の人事に関して申し上げることとは、厳に慎まなければならない」と苦言を呈している。

ごらんの通り、関連記事を通読限りでは、萩生田氏が党内外から袋叩きに遭っているように見えるのだが、実際にはそんなこともない。

というのも、現政権では、萩生田氏をはじめとする幾人かの「首相側近」のうちの誰かが、ある日突然前のめりな発言をカマして、その発言から波及した炎上騒動を、幹事長や党三役に当たる人間が火消しにかかるまでの手順が、半ば定例化しているからだ。というよりも、これは一種の儀式なのであって、要するに、「言い過ぎてたしなめられるところまで」が萩生田氏のミッションだったということなのである。でもって、この発言は、いずれ、観測気球として有効に利用されることに決まっているわけなのだ。

現政権の特徴のひとつは、党の役員や内閣の重要閣僚よりも、総理の個人的な側近に当たる政治家や官僚に権力が集中している点だ。

そんなふうだから、たとえば、韓国の司法当局が下した判断である徴用工判決に対しても、政府が輸出規制を発動するという、三権分立の原則を無視した対応がごく自然に出てきてしまう。

てなわけで、時空の歪みによって三権分立が失われつつある官邸周辺の権力空間を「ハギューダ・トライアングル」と呼びたい。

（「pie in the sky」二〇一九年八月九日）

ニコニコしているのは、幸福な日本人だろうか

奇妙な夢を見た。

今回はその話をする。時事問題をいじくりまわしたところで、どうせたいして実のある原稿が書けるとも思えない今日このごろでもあるので、こういう時は身辺雑記を書き散らすことで当面の難局をしのぎたい。

夢の中で、私は、古い家族のメンバーとクルマに乗っている。私は明らかに若い。三〇歳より手前だと思う。運転はなぜなのか母親が担当している。クルマの少し前を父親の原付きバイクが走っている。父親は既に老人になっている。亡くなる少し手前。たぶん七〇歳前後ではなかろうか。

と、その父親の操縦する原付きバイクが交差点でモタついたせいで、右折してきた対向車とぶつかりそうになる。見たところ、トラブルの原因は父親の運転の危うさにある。

そこで、私が出ていって相手方に謝罪してその場をおさめる。行きがかり上、原付きバ

イクには私が乗って行くことになる。

するとしばらく走ったところで、二人の警察官に呼び止められてバイクをその場に停めるように指示される。

警察官たちはニヤニヤ笑っていて態度を明らかにしない。どうやら私がヘルメットをかぶっていないことをとがめるつもりでいる。余裕の笑顔でこっちを見ている。

この時、私と母親の間で議論がはじまる。

「あなたがヘルメットをかぶっていないのが悪い。まったくなんということだ」

「オレはあの事故寸前の現場を収拾することで精一杯だった。バイクの運転なんか想定していないのだから、ヘルメットを持って歩いているはずがないではないか」

「それでも非はおまえにある。致命的なミスだ」

私は激怒してこう宣言する。

「わかった。もうごちそうしてもらいたいとは思わない（↑なぜか、この日は母のおごりでレストランで会食することになっていたようだ）。オレは一人で歩いて帰る」

で、その空き地のような場所から見知らぬ街路に向かって歩き始めると、何人かの人間（著名な芸能人が一人と妹の友人だというはっきりしない人物が二人ほど）が、私をなだめにかかる。

「こういう場面で怒りにまかせて行動すると、必ずあとで後悔することになる」

「お母様も年齢が年齢なのだから、あなたの方が折れてあげるのがスジだ」

などと、彼らは、口々に私の軽挙をいましめ、再考を促す。

ここで私が再び激怒する。

「何を言うんだ。オレは少しも悪くないぞ。どうしてオレばかりが責められなければならないんだ」と、大きな声をあげたところで目がさめた。

心臓がドキドキしている。夢から覚めたことはわかっているのだが、しばらくのあいだ、怒りの感情がおさまらない。仕方がないので、未明の中、起き出してメールチェックやらツイッターの新着メッセージの確認やらを済ませて、再び床に就いたわけなのだが、おどろくことに、夢で目覚めた時点で、すでに九時間は眠っていたのに、そこからまた四時間ほど熟睡してしまう。この一週間ほど、体力が衰えているからなのか、丸一日をマトモに起きていることができない。今週にはいってからは、毎日一四時間以上眠っている。どうかしている。昔からそうなのだが、私は、過眠傾向に陥っている時期に、奇妙な夢を見ることが多い。たぶん、肉体のみならず、アタマも相応に疲れているのだろう。夢の中で激怒せねばならなかったのは、おそらく私が疲労しているからだ。

2／ 言葉と空気。

さて、再び目を覚ましてみて、あらためて思うのは、夢の中で爆発させた自分の怒りの激しさと、その後味の悪さについてだ。

あんなに怒ったのは何年ぶりだろうか。いや、何十年ぶりかもしれない。

いまでも、怒りの余韻がカラダの節々に残っている。この感じは、端的に言って不快だ。

ちょっと前に、ツイッターのタイムライン上でどこかの誰かが言っていた言葉を思い出す。

彼は、現代の日本人が「怒りを表明したり怒りに基づいて行動することの快感に嗜癖《しへき》している」ように見える旨を指摘していた。それというのも、怒りは、多くの人々にとって、不快さよりはむしろ快感をもたらすもので、特に激怒して大きな声を出した後には、ストレスがきれいに発散されているもので、だからこそ、人々は怒りに嗜癖する、と彼は言うのだ。

そうだろうか。

私の抱いている感触は正反対だ。

私個人の観察の範囲では、自分自身が怒っていることや怒りを表明することに快感を覚える人間が、日本人の中で多数派を占めているようには思えない。

どちらかといえば、怒りという感情に対して居心地の悪さを感じる人間の方が多いはずだ。

事実、私は、夢の中で激怒して大声を上げたことに、目覚めてなおしばらくの間、後味の悪さを感じなければならなかった。怒鳴ることでストレスの発散を実現している人間がいないとは言わないが、そのタイプの人々にしたところで、怒鳴った後にすみずみまでスッキリしているわけではない。必ずや一定の居心地の悪さに苦しんでいるはずだ。

もうひとつ思うのは、二〇一九年の日本というのか、あの大震災以来の現在のわが国が、怒りという感情をかつてないほどネガティブに評価する社会に変貌しているということだ。

「アンガーマネジメント」だとかいう自己催眠じみた言葉に関連する書籍が、この数年、一貫して高い売り上げを記録している事実を見ても明らかな通り、われわれの社会は、「怒り」を異端視し、敵視するモードで推移している。

怒りは、恥ずべき逸脱であり、未熟な人格の現れであり、知的であることから最も遠い感情であると、われら現代人は、そんなふうに考えている。であるから、怒りは芽のうちに摘むのか、あるいは、抑圧して摺り潰すのか、いずれにせよ、なんらかのマネジメントの力を発揮して雲散霧消させるべき呪われた対象であると見なされている。

つまり、怒りは、どうやら文明人にとっての恥辱であるらしいのだ。

ほんの少し前まで、怒りは、ごく自然な人間の感情のひとつであると見なされていた。いや、ほんの少し前ではない。年寄りの記憶は常に歪んでいる。怒りが、自然な感情として社会的に容認されていた時代の話をするためには、時計の針を最低でも三〇年分は巻き戻さなければならない。

以下、しばらくの間、昭和の時代の話をする。

三〇歳以下の人々には見当もつかないことだと思うのだが、われら日本人は、ほんの半世紀前までは、かなり怒りっぽい人々だった。

授業中に大きな声で恫喝したり、生徒に手を挙げる教師はそれこそ日本中のあらゆる学校に遍在していたし、部下を殴る上司や駅員や店員のような人々に向かって怒鳴り散らす客もそこら中に散在していた。もちろん、怒鳴る駅員や客を叱りつける店主もいた。

私が大学に通っていた四〇年前は、学生の素行も現代の学生のそれと比べれば、明らかに粗野だった。のみならず、暴力的でもあれば直情的でもあり、どう手加減したところで、感情的と言ってあげるのが精一杯だった。

感情的であることが良いとか悪いとかの話をしたいのではない。

ただ、どういう理由でそうなったのかまではわからないのだが、この三〇年か五〇年ほどの間に、わたくしども日本人が、自分たちの怒りを抑圧するマナーを身に付けたことは事実で、その事実を、まず読者のみなさんにお知らせするべく、私は昔話をほじくり出しにかかっている次第なのである。

昭和四〇年代の一二月に歌舞伎町に飲みに行く機会があった場合、終電間際の帰り道には、かなり高い確率で路上で殴り合いをしているサラリーマンに遭遇することができた。殴り合いは、駅のホームでも盛り場の暗がりでも、わりと日常的に勃発していて、そのほとんどは、警察沙汰になることもなく有耶無耶のうちに終結していた。そういう時代の空気の中で、われら昭和の人間たちは、誰かが大声で怒鳴ることや、課長待遇の社員が机を恫喝的に叩く仕草を、そんなにびっくりすることなく横目で眺めながら暮らしていた。

何を言いたいのか説明しておく。

こういう話をすると、

「ジジイがいきがってやがる」

「はいはい殴り合いに動じなかった自慢ですね。続きをどうぞ」

「へぇー、野蛮な時代に生まれ育ったとかそういうことでマウント取りに来るわけですか？」

みたいな反応が返ってくる。そういう定番のやりとりのくだらなさに、私はうんざりしている。

違うのである。私は武勇伝を語っているのではない。自慢をしているのでもない。ただ、自分が見てきた時代の様相と、いま目の前で動いている社会の雰囲気があまりにもかけ離れているから、その違いを、できるだけわかりやすく伝えようとしているだけなのだ。

実際、われわれが若者だった時代の若者は、いまの若者に比べてずっと率直に喜怒哀楽を表現したものだし、そのことを（少なくとも当時は）特段に異常な振る舞い方だとは考えていなかった。

わりと簡単に暴力に訴えたことも事実だし、直情的であることを若さの特権であるくらいに思っていたことも半分ほどはその通りだと思っている。

ただ、ぜひわかってほしいのは、私がこんな昔話をしているのは、昔の若者が本当の若者で、いまの若者は若者らしくないとかいった、そういう腐れマッチョな結論を提示したいからではないということだ。

なにより、私は当時の若者としては、滅多に喜怒哀楽を表現しない煮え切らない男であったわけで、その意味では、現代の二〇代の人々により近いタイプだった。そのことを踏まえて、自分自身の好みの話をするなら、私は、昔の若者よりも、いまの若者のほうがずっと好きだし付き合いやすいとも思っている。

ただ、ここは良し悪しの話をしている場所ではない。

私は、ある時点から、わたくしども日本人が「感情」という要素を軽んじる方向に舵を切ったことが、この国の社会にもたらしている変化について語る目的で、以上の話を振ったのである。

もう一〇年以上前になると思うのだが、BSの放送で、「男はつらいよ」の第一作が放送されたことがある。

その時、私は、あらためて目の前で動いている四〇年前（当時から数えて）の映像を鑑賞しながら、自分が多くのシーンに共感できなくなっていることに、あらためて衝撃を受けた。

四〇年前には、この同じ映画を笑いころげながら劇場で見ていた記憶がある。

それが、いま、シラけた気持ちで画面を眺めている。

ほとんどのシーンは、笑えない悪ふざけにしか見えない。

変わったのは映画ではない。

変わってしまったのは、映画を見ている私のアタマの中味だったのだ。

映画の中で、寅次郎は、「その場の空気を読むことをせずに、自分自身の喜怒哀楽をそのまま表現してしまう、正直で不器用なトラブルメーカー」として、ストーリーを活性化させる役割を担っている。

空気を読まない寅次郎が、立場や儀礼から外れた振る舞いを敢行することで、権威主義者は顔色を失い、気取り屋は顔をしかめ、間に立つ人間は立場を失い、寅の将来を案ずる妹や血縁の者は、ただただオロオロするという、そこのところの悲喜劇が、物語に血肉を与えている。

この物語の世界を共有できる観客は、映画を楽しむことができる。

おそらく、五〇年前の日本人は、この設定をわがことのように楽しめたはずだ。

というのも、寅のような日本人は、街のあちこちに実在していたし、親戚中をひとわたり見回してみれば、「正直で裏表が無い半面、考えが浅くて、それがためにのべつトラブルを引き起こしている困ったおっさん」が、一人や二人は、必ずいたものだからだ。実際、昭和のある時期まで、親戚というのは、そういう「困ったおっさん」が持ち込む笑い話を織り込んだ上で運営されている、一種演劇的な集団であったと言っても言い過ぎではない。

しかし、時代が流れて社会のデフォルト設定が変われば、寅次郎の物語は無効になる。

私が、一〇年前にこの作品を見て当惑したのは、この偉大な映像作品の前提のところにある。

「がさつで直情的な一方で、計算のない正直な愛すべき人柄」としての寅のキャラクターが、平成令和の日本人には、どうしてもハマらなくなってしまっていたからだ。

じっさい、一緒に映画を見ていたメンバーのうちの若い人々は、完全にドン引きしていた。

「なにこのヒト」

「最悪じゃん」

じっさい、妹のさくらの見合いの席で酔っ払って下品なジョークを連発する寅の姿は、平成のスタンダードからすると「最悪」以外のナニモノでもない。

妹の晴れ姿を見た嬉しさに思わずはしゃぐ寅、とかなんとか言うト書きの中の説明文は、言い訳にもならなければ免罪符にもならない。ただただ最悪。無神経で身勝手で浅慮で低能で最悪なうえにも最悪。二度と顔も見たくないタイプの親戚。絶縁モノである。

とはいえ、寅を弁護したくて言うのではないのだが、あの時代には、ああいう日本人が、たくさん生き残っていたのである。寅次郎ほど極端ではなかったにせよ、タイプとして寅次郎おじさんと同一集合の中に含められる人間は、私の親戚の中にも確実に三人は混じっていた。

昭和の日本人は、無遠慮で、無作法で、直情的で、なおかつ偏見丸出しで差別意識のカタマリでもあった。

ついでに言うなら、乱暴で不潔で押し付けがましい説教垂れの口臭持ちだった。そこから比べれば、現代の日本人は、夢みたいに上品だ。このことは何度強調しても足りない。

で、ここにある令和と昭和の彼我の違いを踏まえた上で、上品さや賢さの話はともかくとして、昭和の時代の人間の感情は令和平成の人間の感情よりもずっと正直だった、と、私はそのことを申し上げたいのである。

昔の方が良かったなんてことは、口が裂けても言いたくない。

実際、昭和はあらゆる意味で地獄だった。

ただ、欠点だらけの昭和の社会の中で、ひとつだけ好もしい点を挙げるとすれば、それは他者への寛容さだったということは言えるように思うのだな。

昭和の人間は、おしなべて自分勝手だった。ついでに自分本位でもあれば、無神経かつ無遠慮でもあった。

で、それらの迷惑千万な性質の反作用として、彼らは、他人の喜怒哀楽やマナーの出来不出来に対して、おおむね寛大だった。

実際のところは、自分の考えや目論見でアタマがいっぱいで他人の言動には無関心だったというそれだけの話なのかもしれないわけだが、それでも、四〇年前の日本人が、他人の怒鳴り声をなんということもなく聞き流す人々であったということだけは、この場を借りて記録しておきたい。

現代の日本人は、自分が他人に迷惑をかけることを死ぬほど恐れている一方で、他人が自分に及ぼす迷惑を決して容認しようとしない。

この点においてのみ言うなら、私は、昭和の社会の方が住みやすかったと思っている。まあ、他人に迷惑をかけることの多い人間にとっては、ということなのだが。

最後に、どうして他人の怒鳴り声を聞き流す態度を好ましく思うのかについて、簡単に説明しておく。納得していない読者がたくさんいると思うので。

一月ほど前のことだが、ツイッターのタイムラインに以下の趣旨のツイートのスクリーンショットが流れてきた。

《Twitter 見てると毎日毎日なにかに怒っていて、しかもその怒りの内容が日替わりって人がけっこういて、そんなにいろんなことに毎日怒ってばかりいて、長い人生なのに心の健康大丈夫なのでしょうか。》

誰のツイートであるのかは、この際、たいした問題ではない。というのも、この種の、「他人の怒りを嘲笑する」タイプのつぶやきは、現代のＳＮＳ社会における最大多数の声でもあるからだ。

この種のつぶやきに「いいね」をつけることでやんわりとした支持を表明しているのは、「怒り」や「ギスギスしたもの言い」や「対抗的な言説」や「批判的な立場」を、内容の如何にかかわらず、「円満な人々による円滑なコミュニケーションをかき乱すノイズ」として排除しようとしている人々だ。

で、私の思うに、その人々は、自分のことを「上機嫌で、自足していて、あたりのやわらかい、上品で、裕福で、恵まれた」人間であるというふうに考えている人々でもある。今年の流行語で言えば、「上級国民」ということになるのかもしれない。

「ギスギスした人たちってぃやですね」

「うーん。議論ばっかりしている界隈ってあたしちょっとNGかな」

「ものごとの良い面を見たいよね」

「そうだね。誰かの悪い面だとかなにかの欠点をあげつらう前に、共通のうれしいポイントを見つけたいよね」

「最低限ニコニコしてるってことが条件なんじゃないかな」

「うんうん」

「そうだよね。素敵になるためには素敵なことに敏感でなきゃね」

てな調子で無限にうなずきあっている人たちだけで、この世界が動かせるとは私は思っていない。

世界は、不満を持った人間や怒りを抱いた人間がつつき回すことで、はじめて正常さを取り戻す。

なんだか古典的な左翼の言い草に聞こえるかもしれないが、私は、デカい主語でなにかを語る時には、古典的な左翼の分析手法はいまもって有効だと思っている。

ともあれ、私は、しばらく前から、平成令和の日本について考える時、一部の恵まれた人たちが、大多数の恵まれていない人たちを黙らせるための細々とした取り決めを、隅々まで張り巡らしている社会であるというふうに感じはじめている。

もう少し単純な言い方をすれば、彼らが、「怒り」を敵視し、「怒りを抱いている人間」を危険視し、市井の一般市民にアンガーマネジメントを求めることによって実現しようとしているのは、飼いならされた市民だけが生き残る牧場みたいな社会だということだ。

ちょっと前に

《「いつもニコニコしていること」を自分自身の信条として掲げるのは、個人の自由でもあるわけだし、好きにすれば良いと思う。ただ、他人にそれを求めることが、あからさまな抑圧だという程度のことは、できれば自覚してほしいと思っている。》

というツイートを投稿したのだが、いくつか届いたリプライが、私の真意をまったく理解していなかったことに、大きな失望を感じた。

自分が自分のためにニコニコすることは、抑圧ではない。

でも、他人にニコニコを求めることは、巨大な抑圧になる。

多くの日本人が正直で無遠慮だった昭和の時代、ニコニコしている人間は、おおむね機嫌の良い人だった。

令和のこの時代に、ニコニコしているのは、幸福な日本人だろうか。

私は、必ずしもそうは思わない。義務としてニコニコしている人間が少なからずいると思うからだ。

もっとも、義務で笑っているのか心から笑っているのかは、外側からは判断できない。

あるいは、本人にも、わからないのかもしれない。

私個人は、いつも真顔でいることを心がけている。

真顔ほど正直な表情はない。

真顔を不機嫌と解釈する人間が増えたのは、単に社会の不正直さの反映に過ぎない。


（「ア・ピース・オブ・警句」二〇一九年一二月一三日）

黒川弘務検事長の定年延長問題、トンデモ人事の裏のウラ

　正直なところを告白するに、先月来、世間を騒がせている黒川弘務検事長の定年延長問題を、私は、見誤っていた。もう少し踏み込んだ説明をすれば、法律の専門家でもなければ、官僚人事についての「相場観」を身につけている人間でもないオダジマは、つい最近まで、安倍政権が、法改正を経ずに、閣議決定で検事の定年を延長する挙に出たことの意味を、理解できずにいたからだ。

　いや、ひどい話なのだということはわかっている。なにしろ前例のないことではあるのだし、三権分立が大切だということは、中学校の社会の時間に習って以来よく知っている。ただ、どれほどひどいのかという「程度」の問題が、実は、わかっていなかった。多方面で身勝手な横紙破りをやらかしている安倍さんと、その周辺の人間たちが、例によって、身びいきの人事を敢行したのであろうと、そう考えていた。もちろん、検事長というポストが普通の公務員とは違うことはわかっていたし、そこに手を突っ込んだことについては、

2／言葉と空気。

「しかしまあ、どこまで調子ぶっこいているのだろうか」くらいには思っていた。

でも、本当のところは、やはりわかっていなかった。思うに、今回の検事長の人事は、安倍さんにとって、単に調子ぶっこいている猿山人事の一環という程度のお話ではない。

おそらく、この検事長人事は、安倍さんにとって、絶対に譲ることのできない、政治生命にかかわる一大事なのだと思う。

最初に「あれっ?」と思ったのは、産経新聞がその社説の中で、正面からこの人事を批判してみせた時だった。

「おい、産経が社説で批判するのか?」

と、私はたいそう驚いた。というのも、第二次政権発足以来、産経新聞は、およそどんな局面でも安倍政権を擁護する田舎のおかあちゃんみたいな存在だったからだ。その身びいきの露骨さは、時に滑稽なほどだった。その産経新聞が批判にまわっているのは、これはよほどのことなのではあるまいか、と、この時、はじめて、私はこのたびの黒川人事の異常さを実感した。

自民党内でも、この人事については異論が多い。検察内部でも、現役の検事正が顔出しで真正面から批判の論陣を張っている。

してみると、これは、前代未聞の、全方向的にあり得ない卓袱台返しで、身内でさえ誰一人擁護できないほど筋の通らない、クソ人事なのであろうな、と、ようやく私は理解したのだが、この時の理解もまだまだ甘かった。というのも、私は、さすがの安倍さんも、ここまで四面楚歌の状況に陥った以上、いったんは検事長の定年延長事案をひっこめて、出直すだろうと考えていたからだ。

国会答弁でも、この件に関しては、ほとんどまったくマトモな回答ができていない。人事院のお役人も、森雅子法務大臣も、支離滅裂どころか、恥さらしとしか言いようのないデタラメな答弁を繰り返している。

で、つい昨日(というのは三月九日)、その森雅子法相が、九年前の東日本大震災の折、公務を投げ出して逃げた検事がいたことを、今回の定年延長の根拠のひとつとして掲げる、驚天動地のおとぎ話答弁をしているのを見て、ようやく私は悟った。つまり、安倍さんにとって、この人事は、どんな赤っ恥をかいても押し通さなければならない彼の生命線なのであろうということを、だ。

つまり、安倍さんは、ガチで自分が逮捕される近未来を予測している。そして、その事態を心底から恐れている。だからこそ、なりふりかまわず、国会答弁を踏みにじる勢いで当該の人事を貫徹しにかかっているわけだ。

ところで、安倍さんが恐れている逮捕事案(検事総長の首を無理矢理にすげ替えてまで隠蔽しようとしているできごと）とは、いったい何だろう？　この腐った人事の向こう側には、どんな犯罪が隠れているのだろう。

それを、今後半年ほどの間に見極めたいと思っている。楽しみがひとつできた。

（「GQ」二〇二〇年五月三日）

3

ワンフレーズの罠。

経済政策を隠蔽する用語として
アベノミクスは役割を果たしている

昨年の暮れか今年のはじめだったと思うのだが、さる週刊誌の編集部から安倍政権について電話取材があった。

担当の記者は、最初に「アベノミクスの正否についてどのように考えるか」といった感じの質問を投げかけてきた。

私は、しばらく考えて「大成功だと思いますよ」と答えた。相手は意外そうな声で、「なぜですか?」と尋ねてきた。

おそらく、編集部は、アンチ安倍側のコメントを調達する要員として、オダジマの名前をリストアップしていたのだと思う。であるから、「アベノミクス大成功」という私の回答は、彼らにとって想定外だったのだろう。

「だって記事を書く人たちがアベノミクスという言葉に乗っかった企画を立てている時点で、安倍さんの狙いは大当たりじゃないですか」と、私は、電話に向かってこんな感じのお話をしたのだが、記者さんは、わかったようなわからないような返事をして話題を変えた。

ちなみに、この時の電話取材は、記事にならなかった。以来、私の見方は変わっていない。アベノミクスは成功している。それも、望外の大成功をおさめた。そう申し上げなければならない。

理由は、さきほども述べた通り、あらゆるメディアが「アベノミクス」という言葉を使っているからだ。

誤解してもらっては困る。経済政策としてのアベノミクスが成功しているのかどうかは、私にはわからない。そんなことを私に尋ねられても困る。

であるから、その点についいては、「わかりません」とお答えしておく。

その上で、私が強調したいのは、「アベノミクス」が、経済政策として機能する以前に、むしろ、経済政策を隠蔽する用語として、見事にその役割を果たしているということだ。

思うに、政権の側が用意したスローガンなりキャッチフレーズを、メディアの人間がそのままのカタチで使ってしまうことは、その媒体が政府の御用聞きに成り下がったことを意味している。

新聞社の中で記事の差配をする立場にある人間が、政府のプレスリリースに書いてある経済政策のタイトルを、丸写しのカタチで見出しに採用していたのだとしたら、そのデスクなり編集長なりは、職務放棄をしていると言われても仕方がないということだ。

しかも、そのタイトルが、よりにもよって、「アベノミクス」だ。言ってみれば、総理の名前を冠しただけの「オレオレ経済政策用語」だ。

こんな図々しい名乗り（←「ぼくのかんがえたけいざいがく」か？）を、うやうやしく拝受して、そのまま見出しに書いてしまうやりざまは、所作としては召使いのそれに近い。三太夫根性と申し上げてもよい。「殿の思し召しはアベノミクスなるぞ」てなことを大音声で呼ばわりながら松の廊下を走り回る木っ端役人とどこが違うというのだ？

当稿では、「アベノミクス」という名前が、何を意味し、何を隠蔽しているのかを明らかにし、この言葉を使っている人間が、どんなふうに思考停止し、いかなる経路で敵の思う壺にハマっているのかを解明したいと考えている。

経済に関するお話は書かない。

理由は、私にとって経済が専門外だからでもあるが、それ以上に、「アベノミクス」が、経済用語ではないからだ。

さよう。アベノミクスは、経済用語ではない。経済隠蔽用語だ。

「アベノミクス」は、国民の目を経済の実態やその政策の正否から逸らせるために発明さ

3／ワンフレーズの罠。

れた戦略的目眩ましワードだ。

個々の金融政策や、財政出動や、税制改革や、民間投資については、それぞれの名前があり、いちいちについて詳細な説明がある。

それらの、個々の施策や方針について、相応の解説を付す記事が書かれているのであれば、それを読んだ読者は、個々の政策なりについて賛否を述べることもできるし、疑問を呈することも可能だ。場合によっては、反対運動を始めることだってできるだろう。

ところが、それらを総称して、「アベノミクス」と表記してしまったら、記事の書きようはずっと窮屈になる。説明だって簡単にはできなくなる。

なぜなら、総称はあくまでも総称で、その内には、膨大な内実が含まれているからだ。そんな大掛かりなものをいっぺんに説明することなど、できるはずがないではないか。で、結果として、いきなり持ち出された総称は、その内部に畳み込まれた未検討の内容をまんまと隠蔽するに至るのである。

たとえばの話、憲法について考える時、どんなにアタマの良い人間であっても、個々の条文のそれぞれの意義と内容について、ひとつずつチェックしないとその全体像を理解することはできない。

説明する場合も同様だ。

日本国憲法を三行で説明しろ、と言われて、三行で説明できてしまう人間がいるのだとしたら、その人間は、うそつきだ。でなければ、バカだ。

現代は、忙しい時代だ。

あらゆる事象を五秒で語り、三行で説明する有識者が求められている。

じっさい、テレビのスイッチを入れると、要約専門の、説明能力の権化みたいなコメンテーターが、世界中のすべての事件を五秒でやっつけていたりする。

でも、経済政策は、無理だ。

説明するにしても、補足するにしても、反論を加えるにしても、三行で要約することは到底不可能だ。

憲法についても同様で、あたりまえに勉強するつもりなら、面倒なようでも、一文ずつ、すべてを読まないといけない。でないと、全体どころか、一部分さえ理解することはできない。

憲法を総称して「オレたちの大切な法律」と名づけたからといって、その中味が了解できるようになるわけではない。アタマに入るわけでもない。

なのに、経済政策については、われわれは、それをやっている。「アベノミクス」という安易なタイトルをつけて、それで、わかった気になっている。

3／ワンフレーズの罠。

だからこそ、週刊誌の編集部は、「アベノミクスを支持しますか?」などと、およそ大雑把な質問を繰り出すことができるのであり、その空恐ろしい質問に、わかってもいないくせに回答を提供できる有識者がいるからこそ、記事が出来てきたりもするわけなのだ。

しかもその「アベノミクス」なる総称は、安倍首相の名前を冠して「安倍政権の経済政策」である旨を宣明している。ということはつまり、この名前は何も言っていないに等しい。

いいかげんなビストロがメニューに載せている「シェフの気まぐれサラダ」みたいなもので、客の側からはレシピの内容を類推することさえできない（まあ、実態としてはせいぜい板場の残り物をかき集めて盛り合わせただけのものなのだが）からだ。

政府の打ち出してくる経済政策に端的なタイトルを付与するのは、本来ならメディアの仕事だ。

しかし、昨今の新聞社の偉い人たちは、その神聖なる業務を放棄している。

政府が「骨太の方針」と言ってくれば、その日本語の気持ち悪さを検証することもせずに、そのまま「骨太の方針」という名前で記事を書いてしまう。

「おい、『骨太』ってなんだ?」

「辞書を引くと、《骨組みが頑丈な様子》ぐらいな意味らしいけど、政府の方針の大枠に、あらかじめ自画自賛の形容詞がついてるのはいかがなものなんだ?」と、単なる一読者に過ぎない私でさえ、反射的に疑問を抱かずにおれなかったというのに、記事を吟味し、見出しを考案するはずになっているデスクの人は、何の不審も抱かずに、「骨太の」などといった、たわけたタイトルを通してしまったわけだ。なんということだろう。

で、以来、新聞各社は「今年度の『骨太の方針』は」などと、政府が発表するままの奇天烈な言葉を丸呑みのまま、右から左に垂れ流している。

「構造改革」も、「郵政民営化」も同様だ。政権の側の言い方をそのまま使って記事を書いている。

「ねじれ解消」や「決められる政治」に至っては、新聞社の側が野に下って苦しんでいた当時の自民党の意向を忖度《そんたく》して、彼らに都合の良いキャッチフレーズを考案してさしあげた気味さえある。

どういうつもりなのだろうか。

いずれにせよ、ひと息で発音できる耳に心地よいキャッチフレーズがデスクの前に転がっていれば、彼らはそれを見出しに使って記事を大量生産しにかかる。

中味は問わない。

というよりも、彼らは、見出しだけですべてがわかった気になる言葉が、優秀なキャッ

3／

ワンフレーズの罠。

チフレーズなのだと考えているわけで、しかも、その種の「思考停止ワード」を多用すればするほど、紙面の魅力がアップすると思い込んでいる。

アベノミクスは、その典型例だ。

内容が希薄で、なおかつ語呂が好い。

だから、どこにでもどうにでも使いやすい。

問題は、「アベノミクス」のようなアタマに人間の名前を冠した言葉を安易に流布させてしまうと、そのタイトルが指し示すところの内容について吟味することが、次第に困難になることだ。

これは非常にやっかいな副作用だ。

単純な話、「アベノミクスを支持するか？」と質問された時、多くの人間は、「アベノミクス」が本来意味している「安倍政権下で実施されている各種の経済政策」の内実について考えない。

質問された人間は、「アベノミクス」に含まれる「アベ」という接頭辞に反応して、反射的に安倍晋三氏個人への思いを語るか、あるいは、安倍政権自体への賛否を答えることになる。

この質問がたとえば、「消費増税」なり「金融緩和」なりという、特定の経済のタグについてその賛否を問うものであったなら、人々の回答もまた、個々の経済政策への評価になったはずだ。

　つまり、「アベノミクス」という言葉を使った瞬間に、その内実は、支持する場合でも不支持を表明する場合でも、経済そのものとは一歩遠ざかった、曖昧模糊とした像を結ぶことになるということで、結局のところ、「アベノミクス」は、人々の目から、「経済」を隠蔽する役割を果たしているのである。

　もうひとつ言うと、「アベノミクス」は、用語として、あらかじめ一定量の「権威」ないしは「称賛」を含んでいる。この点で、現職の総理が打ち出している現在進行形の経済政策に冠せられるタイトルとしてはふさわしくない。というか、どうにもこうにもアンフェアなのだ。

　一般に、なにかのタイトルとして、人名にちなんだ名前が採用されるのは、その人名が「大物」である場合に限られる。

　たとえば、「三島文学」というのは、辞書的な意味としては「三島由紀夫の文学」というだけの言葉だが、文学ファンがこういう言い方をする時には、「三島由紀夫の素晴らしい文学」というニュアンスを含んでいる。

「三島文学における背徳と美」

3／ワンフレーズの罠。

「三島文学ゆかりの地」

という表現も、三島由紀夫なる作家が「文学」という大仰な看板と並べて見劣りのしない金看板であることを前提として成り立っている。

逆に言えば、そこいらへんのチンピラ文筆家の作品群を総称するにあたって、「文学」という言葉は使わない。

事実、「小田嶋文学」などという物言いは、グーグルで検索したところで、ひとっかけらも出てこないし、百田某がいかにベストセラー作家になりおおせているのだとしても「百田文学」という言い方でその作品に言及する人間はいまのところ現れていない。

すなわち「アベノミクス＝安倍経済論ないしは安倍経済政策」という言い方が許されるためには、「安倍」なる人物が、碩学ないしは経済通でなければならないのであって、ポイントカードとクレジットカードの区別もつかない三代目の素人が、自前の才覚で一大経済理論を吹きまくるなんてことが許される道理は、まったくもってありゃしないのである。

「トルーマン・ドクトリン」でも「ド・ゴール主義」でもその種の言葉は、歴史に名を刻んだ大政治家のオリジナルということになっている。

安倍晋三が、同列に並ぶ名前だというのか？　冗談じゃない。

ボクシングの世界には「アリ・シャッフル」という言葉がある。

意味合いとしては「左右の足を交互に前後して踊るように動く素早いフットワーク」のことだ。

この名称に「アリ」という人名が含まれているのは偶然ではない。というよりも、「アリ・シャッフル」という言葉自体が、この名称の由来となったモハメド・アリという不世出のボクサーへの賞賛になっている。動作や技に名前が付くというのは、そういうことだ。

実際、「アリ・シャッフル」は、対戦相手を翻弄し、観客を魅了する目的で繰り出される極めて装飾的なステップであり、本筋のボクシングのフットワークとは別の文脈に属する動作だった。

それでも、その、実戦的にはあまり意味のないフットワークに「アリ・シャッフル」という名前がついたのは、真剣勝負のさなかに、こういう人を舐めたようなエレガントな動作を繰り出すことができた人物が、後にも先にもモハメド・アリただ一人であったことへの、ボクシング・ファンの賛嘆の念の現れなのである。

もうひとつ例をあげる。

サッカーの世界には「クライフ・ターン」と呼ばれるフェイントがある。

言葉で説明すると、「ボールが自分の軸足の後ろを通過するようにして相手の逆を取るフェイント」てなことになって、なんだかわかりにくいのだが、動画で見れば一発でわかる。

「ああ、あの不思議なフェイントか」という、その、アレだ。

現在では、ちょっと小生意気な中学生ならやってみせることもある大衆的な技術になっているが、一九七〇年代に、オランダからやってきたヨハン・クライフという痩せっぽちのサッカー選手がはじめてこの動きを披露した時には、世界中のサッカーファンが驚嘆したものなのである。まるで魔法のようだ、と。

だからこそ、人々は、この独創的なフェイント技に、その完成者であるヨハン・クライフの名を刻んだのだ。

そんなわけなので、「アベノミクス」という言葉をはじめて聞いた時、私は、ほとんど反射的に「ケッ」と思った。

「なーにがアベノなんたらだか」

「調子ぶっこいて自分の名前アピールしてんじゃねえぞこのタコ助野郎が」

私はアタマに来た。

アリのためにも、クライフのためにも、こういうネーミングが許されて良いはずがないと思ったからだ。

なので、アベノミクスの中味については、今にいたるもろくに検討していない。

3／

ワン
フレーズ
の罠。

もっとも、詳細に勉強したところで、私には、どうせ経済のことはわからない。

いまだにアタマに来るのは、このいけ図々しい僭称が発表されるや、その日のうちに、朝日新聞社をはじめ、日経読売毎日から産経東京に至るすべての新聞が、ノータイムで丸乗りしたことだ。

つまり、日本の報道機関は、いつの間にやら政権の物言いをそのまま伝える広報装置に姿を変えていたのである。

この種の経済政策に、人間の名前に寄りかかった属人的なタイトルをつけると、経済への見方もモロに属人的になる。

属人的になるということは、言葉を替えて言えば「中味を検討しなくなる」ということだ。もっと踏み込んで言えば、「思考停止」を誘発することでもある。

つまり、「アベノミクス」が問うているのは、安倍という人間への賛否であって、その経済政策への評価ではないわけで、結局のところ、安倍さんは、自分の経済政策を隠蔽している。

たとえば、日銀の金融緩和に賛成している人々の中には、このタイミングでの消費増税を必ずしも支持していない組の人たちがたくさんいる。

インフレターゲットに真っ向から反対している人もいれば、円安を危険視している人たちもいる。で、そうした人々の一人ひとりに、その理由を尋ねてみると、あらゆる前提についての説明はまるで千差万別だったりする。

すなわち、アベノミクスという六文字にまとめられてはいても、その中味には、多様な解釈の余地を含んだ政策群が格納されているわけで、各々の施策には、様々な立場の人々のそれぞれの賛否が寄せられてもいるのだ。

そういう、本来なら実りあるはずの闊達な議論を、「アベノミクス」は、すべてをひっくるめて六文字のカタカナにまとめあげることによって、事実上無効化してしまっている。

「アベノミクスを支持しますか?」

「いや、アベノミクスと一言で言われちゃうと困るんだけど、私の場合、リフレ政策を推進する立場にあるので、一部支持一部不支持という言い方をするほかにどうしようもないわけですが」

と、普通に考えれば、この種の議論はこの程度には錯綜していてしかるべきなのだが、そこのところの議論を、「アベノミクス」は単純化してしまう。

単純化というよりは、無化かもしれない。なぜなら、「アベノミクス」みたいなまとめ方をしたがさいご、実効的な議論は不可能になるからだ。

ただでさえ安倍支持層は、細部について考えることを嫌う。

何ヶ月か前、ときどきツイッターでやりとりをする知り合いの経済学者の先生が、アベノミクスに含まれる政策の一部に苦言を呈したことがある。

内容は、無論、経済の話だ。

この苦言に、経済の議論で反論が返ってくるというのなら話はわかるのだが、その先生の言うには、ツイッターを通じて反論を寄せてくる人々のほとんどが、「反日」「売国」「サヨク」「在日」と、経済とは無縁な罵倒を並べる安倍シンパのチンピラであったのだそうだ。

ありそうな話だ。

安倍さんを支持する層のうちで最も活動的な人々は、経済を解さない。解するも解さないも、それ以前に、彼らは経済に関心を抱いていないし、理解する気持ちも持っていない。

わからないだけではない。はなから勉強するつもりを装備していないのだ。経済のようなむずかしいことは、アタマの良い連中が考えることだとテンから決めてかかっている。

アベノミクスは、その種の反知性主義をかかえた経済無関心層に、居心地の良い思考停止をもたらすための好適なスイッチになっている。

また、彼らを経済から隔離するためのバリアとしても機能しているわけで、してみると、アベノミクスがその場で「オレは知らねえよ」に直訳可能なカタカナとして供給されていることの意味は決して小さくないのだ。

3／ワンフレーズの罠。

ある層の人々は、見たことのないカタカナで提示される事象については、はじめから理解を拒むことにしている。

で、おそらく、安倍シンパのコアな部分を占める若い人たち（アベ・ユーゲント？）にとっては、アベノミクスは、永遠にカタカナのままである方がありがたいのである。

無論、安倍シンパの中にも、それなりの経済通はいるのだろうし、その中には、アベノミクスを総合的に評価して考えることのできる賢い人々もたくさん含まれているのだろうとは思う。

ただ、ネットで活発に発言する安倍支持者が、経済にはほとんどまったく興味を示さない人々であることもまた事実なのであって、彼らは、「日本」「愛国」「戦後レジーム」「憲法」「靖国」「慰安婦」「アカピ」「ブサヨ」「在日」「売国」といった単語を繰り返しタイプする以上のことはあまりしたがらない。

であるから、「アベノミクス」は、彼らの中では、安倍シンパとアンチ安倍を仕分けるためのリトマス試験紙として扱われている。

彼らはアベノミクスに期待しているから安倍政権を支持しているのではない。

順序が逆だ。

彼らは、安倍さんを支持するからこそアベノミクスを持ち上げることに決めているのであって、自分たちが信頼し応援している安倍さんが推進しているアベノミクスが素晴らしくないはずが無いという理路で、それを称揚している。

ということはつまり、経済はどうでもよいわけだ。

要するに、安倍シンパのうちのコアな部分はすぐれて属人的な人々で、彼らは、個々の政策の中味はほとんどまったく知らないし検討もしていない。ただ、安倍さん個人のすることのすべてを丸呑みで支持している。

アベノミクスという言葉自体が、そういう属人的な支持者を育てたわけではないのだろうが、アベノミクスへの評価が、支持者にとっても、反対者にとっても、内容よりも、安倍晋三という個人の評価に引きずられがちであることは、動かしがたい事実だ。

結局、「アベノミクス」という言葉は、「安倍好き」と「安倍嫌い」を分裂させる弁の役割を果たしてしまっている。

私の経験をお話しする。

昨年来、私は、さまざまな場所で、集団的自衛権や憲法の扱いについて、安倍政権のやり方を批判している。

と、ツイッターやメールを介して、反論がやってくる。

すべてに返事を書いているわけではないが、私は、時間に余裕のある時には、ある程度真面目な反論を寄せた人間と対話することにしている。

で、多くの場合、議論は、

「どうして安倍さんがそんなに憎いのですか?」「要するにあなたは安倍首相が嫌いなのですね」という決めつけられ方で終了することになる。

なんというのか、政策や政治姿勢についての賛否を語っていたはずなのに、最後は必ず「嫌悪」や「憎悪」の次元の話として処理されてしまうのだ。

これは、議論の相手が、私の言説を感情レベルの罵倒や中傷に見せかけようとして言っている立論と見ることもできる。

だが、彼らは、そこまで悪辣な人々ではない。おそらく、彼らは、「安倍さんの悪口を言う人は安倍さんを憎んでいる人に違いない」ということをごく自然に信じているのだと思う。実際、安倍シンパにはそういういじらしい面々が多いのだ。

安倍支持層は、安倍政権が打ち出している個々の政策を支持しているのではない。彼らは、言ってみれば「安倍」という気分ないしは現象に共感を抱いている。

そして、その「気分」の根の部分には、「戦後レジームからの脱却」というあの茫洋としたルサンチマン(第一次世界大戦後のドイツが「ベルサイユ体制の打破」と呼んでいたものに酷似した何か)が広がっている。

3/

ワンフレーズの罠。

そういう意味で、安倍支持者は、特定の政策や政治思想によって連帯しているというよりは、「日本が不当に貶められている」という被害者意識によって結ばれている人々だ。この二年ほど、ツイッター上で、幾多の安倍シンパの若い人たち（だと思う）と対話をしてきて、私には、その確信がある。彼らは、安倍さんの「ファン」なのだ。

で、そういう安倍ファンの耳に「アベノミクス」は、「日本の誇り」「日本が日本であるための条件」「日本を取り戻すための基礎」「日本の独自性」ぐらいな天然の金科玉条に翻訳されたカタチで受け止められている。

だからこそ、「アベノミクス」に批判を加えた人間は、ただちに「反日分子」に分類され「売国」認定を受けるのだ。

安倍さんを特に支持していない人々であっても、「アベノミクス」という言い方で問われる政策には点が甘くなる。

というのも、「アベノミクス」は、「個々の具体的な政策」を覆い隠して、「全体としての政府の方針」をイメージさせる言葉だからだ。

当然、それを受け止める側は、「もう少し長い目で見てやろうじゃないか」「お国のやることなんだから短兵急に結論を出すものじゃない」と、一種寛大な気分で政策を評価する。

以上のような状況で、メディアが「アベノミクス」を安易に連発することは、政権を下支えする動作になる。

具体的に言えば、「アベノミクスの正否」だとか、「アベノミクスへの賛否」という問いの立て方で記事を書いた時点で、その記事は、政府広報と区別のつかないものになるということだ。

そういうわけなので、ジャーナリスト諸氏は、今後、極力「アベノミクス」という活字をタイプしないように心がけてほしい。

代わりに、ひとつ、使い勝手の好い政策ワードをお勧めしよう。

「アベデュケーション（＝安倍印の教育政策）」だ。

安倍さんの本当の恐ろしさと間抜けさは、今後、教育畑で表面化してくるはずだ。語感の不潔さもなかなかなか。

ぜひ、多用してください。

（「Journalism」二〇一四年一〇月号）

「安保はまだ難しかったかい?」

安全保障関連法案が衆院平和安全法制特別委員会で可決された。

採決の過程が、与党のみによる単独可決で、いわゆる「強行採決」だったことが批判の的になっている。

新聞各社の社説でも、《戦後の歩み覆す暴挙》(朝日新聞)、《「違憲」立法は許さない》(東京新聞)と、さんざんな言われようだ。

まあ、問題だとは思う。

とはいえ、政権与党が単独で議決可能な議席数を確保している以上、最後の手段として自分たちだけで法案を可決することは、言ってみれば彼らの権限でもある。

おすすめできるやり方だとは思わないし、憲政の王道だとはなおのこと思わない。

でも、最低限、違法ではない。

強行採決は、多数決民主主義を支える建前になっている国会審議が膠着状態に陥った場合の最後の手段として、これまでにも度々用いられてきた手法だ。

　早い話、野党の側が審議拒否をすることと、与党が強行採決に持ち込むことは、通常の議論が決裂した場合のお約束の大団円だ。

　とすれば、事態がこういう形で落着することは、昨年末の総選挙で自民党と公明党が圧倒的な議席数を確保した時点で、半ば予見できた近未来だったわけで、いまさらびっくりしてみせる筋合いの話ではない。

　私は驚いていない。

　当然こうなると思っていた。

　こうなってしまった結末を歓迎しているわけではないし、当然の帰結だとも思っていないが、それでも、こうなるであろうことは、法案が提出された時点で見通していた。いや、自らの慧眼を誇るためにこんなことを言っているのではない。普通に新聞を読んでいる普通の大人であれば、誰にだって見え見えの展開だったということを申し上げているだけだ。

　なので、私は、このたびの強行採決についていまさら金切り声をあげようとは思わない。政権与党に三分の二超の議席を与えた以上、いま進行していることは、当然起こるべくして起こっている既定の手続きに過ぎない。

　問題は、別のところにある。

3／
ワンフレーズの罠。

石破茂地方創生相は、件の法案が衆院特別委で可決される前日に当たる七月の一四日の記者会見で、以下のように述べている。

「国民の理解が進んでいるかどうかは世論調査の通りであって、まだ進んでいるとは言えない。あの数字を見て、国民の理解が進んだと言い切る自信はない」

石破さんのこのセリフは、政府が単独採決をする方針を明らかにした当日のタイミングでの発言だっただけに、内外に少なからぬ波紋を広げた。

「閣内不一致じゃないのか？」

「というより党内鳴動だわな」

「まあ、世論調査であああいう数字が出ている以上、選挙区の声が気になる陣笠の先生方は少なくないのだろうね」

「ってことは、石破さんの発言は選挙区向けのアリバイってことか？」

「一〇〇パーセントそうだとは言わないけど、どっちにしてもチキンなご発言だよ」

一見、世論に寄り添っているように見えた石破さんの言葉は、しかしながら、結果としては、冷笑を以て迎えられた。

自民党支持者には「裏切り」「寝返り」「抜け駆け」「風見鶏」「石破氏を叩いてみれば愚痴ばかり」「いい子ぶりっ子」「キャンディー大臣」と酷評され、かといって、自民党不支持層に歓迎されたわけでもない。

「党が大変な時に、月刊誌にキャンディーズ礼賛のお気楽な小論書いてる政治家がいまさら正論言ってもなあ」

「普通のおじさんに戻りたいんじゃないのか？」

「本人の気持ちとしては、渾身の微笑がえしなんだろうけど、肝心のそのスマイルが気持ち悪いという」

お気の毒と申し上げるほかにない。

とはいえ、石破さんの発言はタイミングとしていかにも敵前逃亡に見えてしまった面や「お前が言うな」的な間の悪さはあったものの、内容としては党内の懸念を正しく反映した言葉だった。

その証拠に、翌日には、安倍首相自身が、衆院平和安全法制特別委員会の審議の中で、安全保障関連法案について「国民の理解が進んでいないのも事実だ。理解が進むように努力を重ねていきたい」と述べている。

安倍さんご自身も、安保関連法案が国民に支持されていない現状を認めざるを得なかったわけだ。

ここでひとつ不思議に思うことがある。

石破さんと安倍さんが、そろって「理解が進む」という言葉を使っている点だ。

これは、どういうことだろうか。

この法案に関して、政府の関係者は、当初から、「理解」という言葉を連発している。思うに、「理解」という用語の前提には、「法案についての理解が進めば法案への支持が高まるはずだ」という決め付けないしは思い込みが隠されている。

法案を支持しない人々を「理解不足」と決めつける意図が介在していると言い直しても良い。

いずれにせよ、ここで言っている「理解」には、「法案」を「聖典」視させる一種の詐術が含まれている。

「法案は長大であり、なおかつ高度で複雑な内容を含んでいる。一般の国民が即座に理解できるようなものではない」

「しかしながら、きちんと読み込んでその内容を理解すれば、必ず納得できるものだ」

「われわれは、国民の皆さんの理解の助けになるべく、わかりやすい説明を心がけ、時間をかけて説得して行く所存だ」

とまあ、政府の口吻《こうふん》には、おおまかに言って以上のようなストーリーがある。

彼らにしてみれば、「法案が支持されていないのは、国民の理解不足だ」という線は譲れないわけで、百歩譲っても「法案が支持されていないのは、われわれの説明不足のせいだ」という線は死守せねばならない。

各社の世論調査を見ると、安保関連法案への賛否は既にある程度はっきりしている。

これを見ると、産経新聞社を除く各社の調査で法案への「反対」（または「必要ない」）が、「賛成」（「必要だ」）を上回っている。

いずれの場合も、「わからない」という回答は、「賛成」「反対」よりも少ない。

とすると、安保関連法案については、「理解が進んでいない」というよりは、「支持されていない」と見る方が正しい。

まあ、法案を推進している立場の人間が、あからさまに「支持されていない」と言うわけには行かないわけで、それで「理解が進んでいない」という言い回しを選んだだけだと言ってしまえばそれだけの話なのかもしれない。

ただ、それでも私は、この「理解」という言葉に、イヤな圧力を感じる。

この言葉を多用するのは基本的に「異論」を認めない人間だ。

というのも、「理解」という言葉の前後には、自分の側がものを教える立場で、相手の側が教えを乞う立場だという暗黙の前提が横たわっているからだ。

要するに、この言葉を使う人間は、「自分が理解している事柄を相手が理解していない」

「自分が教えることを相手は勉強しなければならない」という前提で何かを語ろうとしているのである。

他人に向かって「理解」を促す人間の態度が、最近の言葉で言う「上から目線」のマナーであることは、以上の点から明らかだが、問題は、それだけではない。

この言葉を使う人間は、「理解」を促す相手を見下しているのみならず、理解しない人間をあらかじめ軽蔑する準備を整えている。

自分の言葉が理解されなかった時、彼は、自分の主張する言説が間違っていたからだとは考えない。ただただ、相手の知的能力が、自分の言葉を理解するに足る水準に到達していなかったからだと考える。

「国民の理解が進んでいない」というのは、そういう言い方だ。

「うーん、分数の掛け算はまだ君たちにはむずかしかったかなぁ」と言う時の、塾教師のあの半笑いの言い方である。

この「理解」という言葉の使い方は、政治の世界以外でも、ずいぶん前からおかしくなってきている。

私の抱いている印象では、二一世紀に入ってからぐらいのタイミングだと思うのだが、われわれが使う「理解」という言葉には、英語で言う「アンダースタンディング」とは別の意味が混入してきている。

「犯人の動機は到底理解できない」

「この度の件に関しましては、当方の誠意をぜひご理解いただきたく、なにとぞ」

「あなたの発言は理解不能です」

「まあ、課長っていうヒトは、一般人の理解を超えたところで動いてるわけだから」

と、こういうふうにこの言葉を使う時、「理解」には、「共感」「支持」「同意」といったあたりのニュアンスが同梱されている。

だから、ある種のアンケートでは、「〇〇を理解しますか？」という設問は、事実上「〇〇を支持しますか？」と同じ意味で使われていたりする。

別の場面では、「支持／不支持」「同意／不同意」「共感／違和感」というより明確な結果が出ることを避けるために「理解／不理解」という設問が使われていたりする。

なかなか油断できない言葉なのだ。

本来なら、たとえば、安保関連法案についても、「内容は理解しているが（あるいは理解しているからこそ）支持しない」という態度は選択可能なはずで、事実、この法案に反対している人々の多くは、「わからないから反対」しているわけではないはずだ。「法案の危険性なりその背景にあるものの不気味さを理解しているからこそ」彼らは、法案の可決に反対している。

もうひとつ興味深かったのは、今回、法案についての「理解」という同じ言葉をめぐって、石破さんと安倍さんという二人の政治家のスタンスがわりとはっきりと分かれたことだ。

石破さんは、国民の理解が進んでいない（っていうか、支持されていない）法案を強行採決することについて、逡巡する態度を見せている。

一方、安倍さんは、自分たちが強行採決せんとしている法案に国民の理解が進んでいない（まあ、支持されていないわけです）ことを認めながらも、信念を持って前に進む決意を語っている。

石破さんは、迷い、躊躇し、逡巡し、ブレていて、様子見をし、空気を読み、つまるところ迷っている。

対照的に、安倍さんは、信念を持って自分の思うところを語り、自己の政策と信条を確信し、迷うことなく、ブレることなく、まっすぐに目標に向かって進む意思を示している。

政治家として望ましいのはどちらだろうか。

あくまでも個人的な見解だが、私はどちらかと言えば石破さんを買う。

自分が逡巡するタイプだからということもあるが、政治家たるもの、自己の信念に忠実であるよりは、世論の動向に敏感であってほしいからだ。

安倍さんは、おそらく、次の選挙を恐れていない。どう転んだところで落選の心配はあり得ないし、そもそも首相を引退した後に議員を続けるかどうかもわからない。

安倍さん以外の、自民党の多くの政治家は、次の選挙を恐れている。世論の反発を恐れてもいれば、評判の悪い法案を強行採決したことの反作用におびえてもいる。

だから彼らはブレるかもしれない。

ビビったり、ブレたり、迷ったり、立ち止まったりすることは、普通に考えればみっともないことだ。

が、ビビり、ブレ、迷い、立ち止まるからこそ、政治家は民意を反映することができる。

そういう面もあるということを忘れてはならない。

ビビらずブレず迷わず立ち止まらない政治家を、私は信用することができない。

というよりも、そういう政治家ははっきりいってこわい。

そんなわけなので、自民党の普通の政治家の皆さんには、なるべくならビビってブレて迷って立ち止まってほしいと思っています。

とりあえず、この夏休みには、選挙区に帰って、地元の人の声に耳を傾けてみてください。
それでビビらないようだったら、まあ、そこはそれです。頑張ってください。

（「ア・ピース・オブ・警句」二〇一五年七月一七日）

3

ダブルバインド、それもひとつの選択肢

「駆けつけ警護」という言葉が気になっている。

最初に聞いたのがいつだったのかについて、正確な記憶はもはや残っていないのだが、とにかく、はじめてこの言葉を耳にして以来、ずっとモヤモヤした気持ちをかかえている。

なぜ気になっているのかというと、日本語として明らかに「変」だからだ。

虚心に「駆けつけ警護」という一組の術語を聞いて、普通の日本人が考えるのは、「駆けつけない警護があるのか？」ということだ。

ん？　考えない？

なるほど。

まあ、たしかに、いちいちこういう突っかかり方をする私のような男は、あるいはひねくれた日本人というべきで、普通の日本人は特に大きな違和感を抱かないものなのかもしれない。

でも、私はモヤモヤするのだな。

「駆けつけ警護……ってことは、その裏側に駆けつけない警護みたいなものを想定しているわけなのか？」と、私は第一感で、そういう疑問を抱く。

私だけではない。私の周囲には同じ反応を示す似たようなおっさんがとぐろを巻いている。

「駆けつけるからこそ警護になるわけだよな？」

「っていうか、そもそも警護というのは駆けつけることを前提に成立する動作なんじゃないのか？」

「だよな。してみると、遠隔警護とか、エア警護みたいなものが別立てであるというのならともかく、警護に行くのに、わざわざ『駆けつけ』を強調する用語法は、日本語として異様としか言いようがないぞ」

「そのデンで行くと、普通の勤務も出勤勤務ってなことになる」

「昼飯ひとつ食うにしても入店食餌摂取式の言い方が要請されるだろうな」

「原稿だって単に執筆するんじゃなくてｉＭａｃ電源投入エディタ立ち上げ執筆くらいには吹かしておかないと先方へのシメシが付かなくなる」

同じような疑問を抱いた読者が多かったからなのかどうか、朝日新聞は、この言葉について、一一月一六日の朝刊で、記事とは別枠の「キーワード」の欄で、解説を付加している。

《現地の国連司令部の要請などを受け、離れた場所で武装勢力に襲われた国連職員やNGO職員、他国軍の兵士らを助けに向かう任務。実施するかどうかは、自衛隊の派遣部隊長が要請内容を踏まえて判断する。警護対象を守る際には、武器を使う可能性もある。》

この解説で、おおまかな意味はわかるといえばわかる。

要するに、PKO（国連平和維持活動）で派遣されている自衛隊が、同僚や友軍が攻撃に晒された時に、敵の攻撃から味方を守るために援護に駆けつける任務を指してこう呼ぶということなのであろう。

とはいえ、「駆けつけ」「警護」という言葉の軽さは、この定義からだけでは説明がつかない。

自衛隊の任務に「警護」という、軍隊の匂いのしないガードマンっぽい言葉をあえて使っている理由もはっきりしない。

で、引き続き『知恵蔵2015』の解説記事を読んでみると、なるほど、なかなか含蓄のある言葉が書かれている。

《―略―「駆けつけ警護」は、日本の安全保障を巡る独特の概念である。日本以外の軍隊では、作戦上の任務の一環と見なされ、特別な作戦行動に当たらないため「駆けつけ警護」に相当する、特別な作戦運用用語はない。しかしながら、日本の自衛隊は軍隊ではないという建前があることから、その是非について論議されてきた。それは、警護という名ではあるが、実質的には武力を行使する救援作戦に従事することとなるからである。—略—》『知恵蔵2015』(金谷俊秀　ライター/二〇一五年)

自衛隊が普通の軍隊であるのなら、何の問題もない。敵軍の攻撃によって同僚や文官が危険に晒された場合に、味方を援護し、救出し、敵に反撃するのは、軍隊としての当然の行動であり、それゆえ「駆けつけ警護」という言葉は、そもそも想定すらされない。なんとなれば、駆けつけるまでもなく、軍隊は常に味方を警護し、敵と戦い続けている組織だからだ。

ところが、自衛隊は、普通の軍隊ではない。

憲法上の制約から、軍事行動はとれないことになっている。

当然、武力行使もできない建前だ。

にもかかわらず、事実として、彼らは、戦地(あるいは危険地域)に派遣されている。

私は、この、自衛隊の置かれたハムレット的な(あるいは、ドン・キホーテ的な)、あ

3　ワンフレーズの罠。

ちらを立てればこちらが立たず的な、ダブルバインドの、矛盾にたわめられた立場の苦しさが、この奇妙に屈折した言葉を呼び寄せたのだと思っている。

軍事行動が取れないにもかかわらず、味方の救援に赴かなければならないという、このあり得ない設定が、新しい不可思議な用語の発明を要請したということだ。

どうやら、自衛隊は、撃ってはいけない銃を持たされて、前線に走って行くみたいなうにも不条理な任務に駆り立てられている。

「火中の栗を拾うのに軍手すら支給されないのか？」

「っていうか、オレらが軍手だってことだよ」

「つまり、使い捨ての手袋ってことか？」

「いや、軍事的手品の略」

「……国防的詐術だな」

「まあ、そう言うなよ。世界で一番優秀なイリュージョンなんだからさ」

ともあれ、昨年の九月に安全保障関連法制（安保法）が成立する以前まで、歴代の政権ならびに内閣法制局は、海外にＰＫＯ派遣された自衛隊について、「駆けつけ警護」はできないという立場をとってきた。

これに対して、安倍首相は、安保法案の審議過程の中で「仲間を見殺しにして良いのか」

という主張を繰り返してきた。

内閣総理大臣が口にする言葉として、あまりにも芝居がかったセリフだとは思うものの、まあ、言いたいことはわかる。

海外でほかの国の軍隊と共同作戦を展開するに当たって「うちの軍隊は戦闘には参加できません」と言わなければならないことは、首相にとって、耐え難い恥辱であるだろうからだ。

のみならず、安倍ちゃんのわが軍は、つい最近まで「駆けつけ警護」すらできない建前になっていた。つまり「わが軍は、友軍が危機に陥っても、救援に駆けつけることができません」と申し出なければならない状況だったわけで、これは、耐え難い恥辱どころか、同じ前線でカマのメシを食う兵隊の信頼関係を根底からひっくり返しかねない状況だ。早い話、警護にすら駆けつけて来ないような軍隊と、いったいどこの国の軍隊が集団的自衛権のパートナーを組んでくれるのかということでもある。

なので、現場に派遣されている自衛隊の関係者、ならびにその彼らに感情移入しているマッチョの皆さんが安保法制を待望し、ＰＫＯ協力法を改正したがった気持ちは、私のような部外者にも、大変によくわかる。

軍隊として振る舞うのであれば、当然、軍隊としての装備と、軍人としての心構えと、

3／ワンフレーズの罠。

軍を持つ国の構えにふさわしい整備された法律を持っていなければならない。そうでないと、兵隊さんは正しく命を捨てることができない。

その意味では、昨年来世間を騒がせてきた安保法制をめぐるやりとりも、現在くすぶっている憲法改正への動きも、結局は、「軍を持つ国としての法整備」を求める人々の声を反映したものだった。

おそらく、憲法第九条を改正して、自衛隊を正真正銘の国防軍として再編成し、公式な軍隊の責任を担う機関としての軍法会議を設け、軍事法廷を整備し、自衛隊員を国防軍の兵士として遇する新しい法律を用意すれば、「駆けつけ警護」という、取ってつけたような気持ちの悪い言葉は、そもそも不要になることだろう。

とはいえ、自衛隊をめぐる欺瞞的な言葉遣いや、苦肉の法解釈や、失笑を招きかねない武器使用条件を解消して、わが国が正式の軍隊を備えた一人前の軍事国家になるためには、やはりそれなりのリスクとコストを覚悟せねばならない。

そのリスクとコストの問題は、自衛隊をめぐる法律的な一貫性の問題とは別に、まったく別の尺度から慎重かつ冷静に検討しなければならない。

今回は、そこには踏み込まない。

ここでは、とりあえず、言葉の問題だけを取り上げる。

さて、自衛隊が「駆けつけ警護」の任務に就くことになっている、南スーダンでは、「衝突」はあったが、「戦闘行為」は無かったことになっている。

ここでも、おかしな言葉が使われている。

報道によれば、安倍首相は、一〇月一一日の衆院予算委員会で、民進党の大野元裕議員の質問に答える形で、七月に起きた南スーダンでの武力衝突について「戦闘行為ではなかった」との認識を示した。

南スーダンでは七月以降、大統領派と副大統領派の武力衝突が再燃し、事実上の内戦が続いているのだが、安倍首相はこの日の答弁の中で、「武器を使って殺傷、物を破壊する行為はあった」と認めながら、「戦闘行為の定義には当たらない」と答えている。

武装勢力が武器を使って人を殺している（南スーダンの首都ジュバでは、すでに二七〇人以上の人間が死亡する武力衝突が発生している）にもかかわらず、それが「戦闘行為」ではないというのはどういう解釈なのだろうか。というよりも、そもそも「戦闘行為」が生じていない場所に、どうしてＰＫＯ部隊を派遣する必要があるというのだろうか。

答えは、現場には無い。

答えは、どちらかといえば、法律の条文の行間に書かれている。

つまり、

1 「戦闘行為」があったということになると、その場所は戦闘地域になる。

2 南スーダンが戦闘地域だということになると、憲法上の制限から自衛隊を派遣することができなくなる。

3 それゆえ、自衛隊を派遣するためには、南スーダンが「安全の確保された場所」であることが認定されなければならない。

4 したがって、南スーダンで戦闘行為があったという認識は排除され、書類上の安全が確保される。

と、こういう順序で話が進んでいる。

だからこそ、稲田朋美防衛大臣は、同じ日の答弁の中で「戦闘行為とは、国際的な武力紛争の一環として行われる人を殺傷しまたは物を破壊する行為」とした上で、南スーダンの事例は「こういった意味における戦闘行為ではない。衝突であると認識している」と、強弁せざるを得なかったわけだ。

「駆けつけ警護」に伴って生じる「武器使用」についても、「武器使用」ではあっても、「軍事行動」ではないという奇天烈な解釈がつきまとっている。

どうして自衛隊が武器使用をしても軍事行動に当たらないのかというと、自衛隊はそもそも軍事行動ができないからで、憲法上軍事行動を禁じられている自衛隊が武器を使用することがあったのだとしても、それは単に武器を使用したということであって断じて軍事行動ではない、という理屈で、あれは軍事行動ではないということになる。

おわかりいただけただろうか。

つまり、本来不可能な自衛隊による軍事行動を可能ならしめるために「武器使用」という新しい概念が発明されたのである。

外務省のホームページでは、さらに手の込んだ言い換えが展開されている。

http://www.mofa.go.jp/fp/nsp/page23e_000273.html

リンクした英文ページの2の（1）のところにある

“So-called Logistics Support and “Ittaika with the Use of Force””

というチャプターには、“ittaika with the Use of Force”という言葉がつごう六回も登場する。

ittaika

見たこともない単語だ。

なんと不思議なスペルの、不思議な言葉ではないか。

これは、無理矢理に翻訳すれば「いわゆる後方支援および武力行使とのイッタイカ」くらいになる。

章タイトルに出てくる「ロジスティック・サポート」も、一般的な訳語は、「兵站《へいたん》」だ。そして、世界中どこの国でも、「ロジスティック・サポート」は「戦闘行為」のうちの不可分な一部分とされている。

ところが、これが政府の翻訳を通すと「後方支援」になる。で、「後方支援」は「戦闘行為」ではないというお話につながる。

奇妙な話だ。

外務省が国際社会に向けて発表している英文の文書では、「ロジスティック・サポート」という言葉で説明されている同じ行為が、国内向けの日本語の文書では「後方支援」という別の概念に置き換えられていることになる。

「一体化」の周辺事情はさらにひどい。国際社会に向けてそのまま“integration with the Use of Force”という言葉を使うと、自衛隊が海外で武力行使をともなう活動をするつもりでいる旨があからさまになってしまう。そのことを、外務省のお役人は、恐れたのだと思う。そこで彼らは、“ittika”という、日本語でも英語でもない魔法みたいな外交用語を発明することで、この難局をしのいだわけだ。

ことほどさように、自衛隊のまわりには、常に奇妙な言葉が飛び交うことになっている。理由は、自衛隊が、法的な鬼っ子であり、防衛上の黒子であり、外交上の活断層であり、政治的なブラックホールだからだ。

この問題を解決するためには、憲法を改めるか、外交方針を一新するか、防衛政策をリニューアルするか、それともそれらの全部を刷新すれば良いのだろうが、何のどこを変えるとどんなことが起こるのかについては、やはり慎重に検討しないといけないはずだ。いずれにせよ、結論を急ぐことだけは避けた方が良い。

いつまでもごまかし続けることは恥ずかしいことだが、うちの国が、そのみっともないごまかしでこの七〇年をそこそこうまい具合いにしのいできたことを忘れてはならない。

高校生の時に経験した遠足のバスの車内での出来事を思い出す。

バスが発車すると、ほどなく後ろの方の席に座った生徒の幾人かが、図々しくもタバコを吸い始めた。

担任のU先生は、決して後ろを見ない。生徒の喫煙を摘発して厄介な問題の引き金を引くことは好まないし、かといって、生徒の喫煙をあからさまに黙認することも、教師の信念が許さなかったからだ。

で、彼は喫煙を発見しないために、ただただ前方を見続けることにしたのである。

さてしかし、U先生は、バックミラーを見たのか、あるいはバスガイドから耳打ちされたのか、喫煙の証拠を残したくない生徒が、タバコを窓から捨てている事実を感知するに至る。

これは非常によろしくない。ぜひ、吸い終わったタバコは備え付けの灰皿に捨てるように指導したい。だが、この指導は、同時に喫煙の容認を意味してもいる。ゆえに、採用できない。

やがて、U先生は、ガイドさんからマイクを借りると、前方を見据えたままの姿勢で「窓からガムやチョコレートの紙を捨てるような非常識な行為を、私は絶対に許さない。小さなゴミは、座席の前にある灰皿に捨てるように」という意味のことを静かに、噛んで含めるように言った。そして、最後に「みんなで、事故のない楽しい遠足にしようじゃないか」という言葉で演説を締めくくった。

U先生があの時にわれわれに語りかけてくれた短いスピーチが、教師として正しい対応だったのかどうかはわからない。が、個人的には、はるか前方を見据えた、素敵な対応だったと思っている。
ああやって先生がごまかしてくれたバスが行き着いた先の未来で、私たちは、平和に暮らしている。

（「ア・ピース・オブ・警句」二〇一六年一一月一八日）

3

「トランピズム」という呪い

トランプ大統領の就任式を、私はリアルタイムで見ていた。CNNが配信する動画をパソコン経由で視聴した形だ。

驚いたのは、トランプの英語がほぼそのまま理解できたことだ。

これは、稀有な出来事と言って良い。というのも、私は、これまでの人生の中で、外国人の話すナマの英語をまともに聴き取れた経験を持っていないからだ。

海外のサッカー中継やボクシングの試合を、英語の実況で視聴することはある。が、それができるのは、競技に詳しいからで、英語が達者だからではない。その証拠にと言ってはナンだが、字幕なしの映画はお手上げだ。ニュースショーのアナウンスもわからない。

トランジットの空港のショップだとかでは、わりと不自由なく売り子の言葉を聴き取れたりもするのだが、これは例外的な達成と言わねばならない。つまりこれは、何かを売ろうとする人間の英語は、必ず平明に発音されるという万国共通のコミュニケーション法則が発動した結果なのだ。

シンガポールのスーベニアショップの売り子は、カタカナみたいな英語で話しかけてくる。それが彼女たちの日常の発音だからではない。アタマの良い彼女たちは、日本人を発見すると、あえて子音を強調したローマ字発音で単語を並べにかかるのだ。

そんなわけなので、一週間ほどそういう観光地で暮らすと、自分のヒヤリング能力がにわかに向上した気がして、スピードラーニングな多幸感に浸るわけなのだが、実のところ、英語が通じるのはこっちが何かを買い求める時だけの話で、たとえば、ドメスティックのエアラインのチケットがダブルブッキングでお席がございません的なトラブルがひとたび勃発してみると、空港のスタッフの早口の英語は、一言半句聴き取れない。

「ぱーどん?」

何度聞き返しても同じことだ。わからないものはわからない。聴き取れない言葉は聴き取れない。系統だった勉強を経ていない人間の英語は、買い物の時にしか(つまりこっちがカネを支払う場面でしか)通用しないものなのだ。

ところが、驚くべきことにトランプの演説は、ほとんどそのまま私の耳に入って来た。意味内容もストレートに理解できる。なんということだ。オレは、ついにデモクラシーを体得したのだろうか。

3／ワンフレーズの罠。

ちがう。

そんなことはあり得ない。

私が利口になったのではない。

むしろ、トランプの英語がバカだったと考えなければならない。実態に即した言い方で言えば、つまり、トランプのスピーチは、七歳児の英語で起草されていたということだ。

翌日になってネットにアップされた就任演説のテキストをチェックしてみると、なるほどトランプのスピーチ原稿は、わたしたちがこれまでに見てきた大統領の就任演説とはたいそう違っている。

使われている単語の平易さもさることながら、構文が単純で、センテンスが短い。たぶん、中学二年生の英語のテスト問題として使えるレベルだ。関係代名詞もほとんど使われていないし、凝った言い回しや思わせぶりな引用のたぐいも出てこない。まるで、ムンバイあたりの土産物屋の売り子が木彫りのお面を売りつけようとする時そのままの連呼調だ。

「イッツチープ。ノットイクスペンシブ。ベリマッチサービス。ヤスイヤスイ」

試みに、以下、演説のハイライト部分を関西語訳してみる。

≪ほんま、えらい長話になってもうた。これで最後やさかいよう聞いてや。ええか。ワシらは、どーん大きく考えて、大きい夢を見なあかん。アメリカの国民は努力しとる。ワシはよくわかっとる。みんながようきばってはるさかいにこの国が動いているちゅうことを、ワシは誰よりも理解しとる。せやさかい「あれが足らん」やら「これがあかん」やら文句ばっかり言うて、やることやらん政治家はもう用済みや。空っぽな話をする時間もしまいや。

やる言うたらやらなあかん。出来もせんことをああだこうだ言うのはヤメや。

わしらアメリカ人の心意気、闘争心、魂をヘコますような難儀な話は絶対に存在せえへん。ワシらは勝つ。しくじることはあらへん。》

ここに訳出した部分以外も、大筋はこんな調子で、野放図なアメリカ賛美と、大言壮語に似た決意表明が執拗にリピートされている。内容的には、空疎と申し上げて良い文章だ。

トランプ氏の語り口については、かねてからそのセンテンスの短さと、言葉の選び方の乱雑さが指摘されてきたのだが、この点に関して、多くの有識者は、「トランプ氏の話しっぷりが攻撃的かつ直情的なスローガンの連呼に終止しがちなのは、選挙の候補者としての戦術的な選択の結果だ。彼とて、大統領に就任すれば、もっと落ち着いた知的な言葉で話すようになるはずだ」という予測を語っていた。

私もそう思っていた。

3／ワンフレーズの罠。

いくらなんでも、大統領に就任してなお、候補者時代と同じ、あの猿の惑星の着ぐるみを着た役者の演技みたいな大仰な両手踊りを続けるはずはないだろう、と、そう決めてかかっていた。

ところが、フタをあけてみると、あらまあびっくり、トランプの言葉つきは、選挙期間中に展開していたパフォーマンスと寸分違わない。相変わらず、両手を振り回してキメのフレーズを連呼するプロレス興行のオーナーじみたリングパフォーマンスから一歩も外に出ていない。

演説の内容自体も、ひいきの野球チームネタで我田引水の大言壮語を繰り返す独善オヤジの居酒屋トークそのままだ。

「おい、これが本当に大統領の就任演説なのか?」と、おそらく、さすがのアメリカ人も度肝を抜かれたはずだ。

しかしながら、いくつかの世論調査の結果を見ると、アメリカ国民の反応は必ずしも失望一辺倒ではない。

就任後矢継ぎ早に発令された大統領令についても同様だ。

メディアが思うさまに叩きまくっている半面、トランプ氏の行動は一定数の支持を集めている。

つまり、トランプ新大統領は、就任間もない期間の数字としては異例なほど不人気な大統領ではあるものの、それでもマスメディアが酷評するほど嫌われているわけではなくて、各種の世論調査を見る限り、それなりに底堅い支持層をかかえてもいるということだ。

大統領就任以来のこの一月ほどの間に起こった一連の出来事は、アメリカ国民の間に分断が広がった結果と見ることもできるし、メディアの反応と国民世論の間に断層ができていることの現れと考えることもできる。

大切なのは、この先、これらの分断なり断層なりが、アメリカ社会にどんな影響をもたらすかということなのだが、当稿では、とりあえず、トランプが一部の人々に嫌われている理由と、それ以外の人々に好かれている理由について考えてみたいと思っている。

ただ、私は政治の専門家でもなければ、アメリカに詳しい者でもない。

なので、分析の対象は、もっぱらトランプ氏の「言葉」に限ることにしたい。言葉の使い方についてなら、ある程度の見当はつく。逆に言えば、私にわかるのはその点に限られている。

トランプさんも言っていたが、できることをやるしかない。

前任者のオバマ氏は、トランプ氏とは、何から何まで対照的な大統領だった。

出自や肌の色が異なることはもちろん、思想、政治信条、哲学、立ち居振る舞い、家族との関係、来歴、生い立ちから趣味教養コミュニケーション作法まで、すべてが正反対の二人であると言って良い。

言葉の使い方もまったく違う。

片やオバマさんは、歴代の大統領の中でも屈指の名演説家として知られている。

一方、トランプ氏は、政治家とは思えないストレートな言葉を発する人物だ。彼は、演説というよりはアジテーションに近い言葉の使い方をする。自身の政見を語る際も、会見やスピーチに臨むよりは、ツイッターでその時々の心情を直接的に発信することを好んでいる。

一月一〇日の夜（米国時間）、オバマ氏が、自身のお膝元であるシカゴのコンベンションセンターに内外の記者を集めて、大統領としての最後の演説を披露した。

素晴らしいスピーチだった。

オバマ大統領の言葉は、そもそも就任演説からして完璧だったわけなのだが、銃撃テロを非難する時でも、広島訪問の折のスピーチでも、常に人々を感動させる言葉を紡ぎ出せるところが、この人の強みだった。

翌一月一一日の午前一一時には、次期大統領のトランプ氏が、大統領選後はじめての記者会見に臨んだ。

3／ワンフレーズの罠。

この時の、メディアとのやりとりを眺めながら、私は、前任者とのあまりの落差の大きさに愕然としたわけなのだが、この段階では、まだ、トランプ氏の演説のマナーが、記者会見時のやりとりのそれと同質のものになるだろうとまでは思っていなかった。喧嘩腰で記者団に食ってかかるトランプ氏を横目に、私は、この態度は、トランプ氏が就任前にカマしているブラフなのだというふうに考えようとしていた。というのも、この態度がこの人の正真正銘の本質なのだとしたら、いくらなんでも、そんなことは、できれば信じたくなかったからだ。

ともあれ、両者の言葉の運営法は、火星と冥王星ほどかけ離れている。

演説の出来不出来や、記者とのやりとりの中で使われる言葉の質を虚心に比較するなら、オバマさんの方が、言葉の使い手としては圧倒的に優れている。

言葉の選び方のセンスの良さはもちろんのこと、論理の一貫性、情緒に訴える演出の巧みさ、前例を踏まえた引用の適切さなどなど、どの演説のどの部分をピックアップしても、緩んだ部分がひとつも見当たらない。私の知る限り、二一世紀の政治家で、これほどみごとな演説を残した人物はほかにいない。それどころか、二〇世紀の大政治家や、歴史上の偉人哲人と比べてみてもオバマさんの言葉は見劣りがしない。とにかく、同じ時代に、卓越した政治家の言葉に耳を傾ける機会を持つことができた私たちは幸運な世代だったと、

3／

ワンフレーズの罠。


そう思わせるほど、オバマ大統領のスピーチは、常に水際立っていた。

私個人の話をすれば、私は、この八年間、一人のファンとして彼の演説を楽しんでいた。何かの機会にオバマさんが演説をすると、私はすぐさま英文と翻訳の両方の原稿を入手して、その両方を読み比べた。

研究とか取材とかそういうお話ではない。純粋に娯楽として、私は彼の演説を熟読することを楽しんでいた。気分としては、熱心な音楽ファンだった時代にスティーヴィー・ワンダーやマーヴィン・ゲイの新譜にレコード針を落としていた時の心持ちに近い。

言ってみればミーハーだ。

それほど、オバマさんの言葉には魅力があったということだ。

ただ、八年間にわたって、素敵な演説を聴かされ続けてきたアメリカ国民が、そのオバマさんの、知的で、上品で、非の打ち所のない技巧的なスピーチに食傷していた可能性は、否定できない。

というのも、毎度毎度感動的な大統領演説がテレビから流れてくる一方で、アメリカは、必ずしも偉大であり続けたわけではないからだ。世界の警察としての威信は二一世紀に入ってこのかた、一貫して低下し続けていた。経済や雇用にしても、万全というわけにはいかなかった。

なにより、貧富格差が広がるなかで、政治に見捨てられた実感を抱く層は、結局、増え続けていた。

とすれば、オバマ氏の格調高い演説に飽きたアメリカ国民が、別のタイプの、もっと刺激的で直截な言葉を吐き出す政治家を待望したとしても不思議ではない。

「能書きは良いから結果を出せよ」

と、彼らがそう考えたのだとして、誰がアメリカ人を笑えるだろうか。

私見だが、この間の事情は、パンクミュージックの出現過程に似ている。

一九五〇年代に生まれ、六〇年代に急成長したロックミュージックは、七〇年代に入ると洗練の度を加え、七〇年代の半ば過ぎにはひとつの頂点に達する。

と、ジャズの発展史でも同じだったように、過度に洗練された音楽ジャンルは、次第に難解になり、聴き手に教養を求めるようになる。そして、最終的にはインテリの玩具になり果てたわけだ。

と、ロックンロールは、発生当時の原初的なエネルギーを喪失し、聴き手の側もまた、高齢化&高学歴化し、ディレッタント化し、腐れインテリ化する。当然、若い世代の中には、不良少年の不満のはけ口であることをやめたロックミュージックを敵視する機運が生まれ、やがてそれは、ロックミュージックの破壊を志向するミュージシャンを生み出す。

3／

ワンフレーズの罠。

一九七〇年代の後半から八〇年代にかけて音楽界を吹き荒れたパンクムーブメントは、こんな調子の社会運動だった。

で、私の目には、トランプを支持する人々の姿が、なんだか、往年のパンクスとカブって見えるのである。

トランプ氏が当選して以来、前大阪市長の橋下徹氏は、自身のツイッターを通じて、トランプ氏への共感と同調の言葉を数多く発信している。

たとえば、一月一三日には、

《(トランプ氏)メディアは今になって「トランプはメディアを敵対視している」ってどこまでメディアはご都合主義やねん。ケンカを最初に売ったのはメディア。メディアがトランプの首を獲りに行って負けたんだろ。本当ならメディアは打ち首だ。報道の自由が守られる現代社会ではそれはないけど。》

《(トランプ氏)選挙というのは、やるかやられるかの世界。メディアはトランプ氏の首を獲りに行って負けた。この点も十分に踏まえないと。メディアや自称インテリが散々批判しているポピュリズム。しかしその基盤となっている民主主義社会だからこそ、選挙で負けても命が存続する。民主主義に感謝せよ!》

というツイートを連投して、米メディアとトランプ氏との間で展開されている口論について、ほぼ全面的にトランプ氏を応援する論陣を張っている。

さらに一月二二日には、

《(トランプ大統領) いわゆるセレブの反トランプデモ。それをやるなら自分の収入の大半を経済的困窮者に寄附してよ。自称インテリが一銭も金を出さずに文楽を守れ！と口だけでカッコつけてたのとよく似てる。空の言葉より行動を、のトランプワードが身に染みる。》

と、大統領就任式に合わせて全米で展開された「Women's March（女性の行進）」というデモに触れる形で、トランプ氏の立場を擁護している。

ここで特徴的なのは、

「セレブ」

「自称インテリ」

「口だけ」

「カッコつけ」

「空の言葉」

と、トランプ氏の敵と橋下氏自身の敵を重ね合わせる形で架空の「共闘」を演出している点だ。

3／

ワンフレーズの罠。

さすがにカンの良い人だ。

橋下氏が、直感的に共鳴し、共感し、共闘しようとしているトランプ氏の本質は、おそらく、彼の見立てからそんなに大きく外れていない。

トランプ氏は、遅れて登場したオレンジ色のパンクスであり、破壊衝動に出口を与える存在であり、つまるところ、現代という時代そのものに対して向けられた呪いだということだ。

とすれば、呪いである以上、それは無礼であるほど強力だし、無知であるほど純粋で、無頼であればあるだけ魅力的だということになる。

なんと厄介な人物だろうか。

トランプを支持しているのは、ワシントンに蟠踞《ばんきょ》する政治エスタブリッシュメントや、ウォールストリートを支配するグローバリストといった「セレブ」を憎み、彼らの支持基盤でもあれば一蓮托生の仲間でもある「インテリ」を恨み、演説が巧いばかりで心に響く強い言葉を持っていない「オバマ」の「口だけ」の「カッコつけ」に反発している人々であって、その彼らは、既存の知的なボキャブラリーを駆使して政治や経済を語りたがる人々をとにかく嫌っている。

初期のパンクロックに熱狂した七〇年代の先駆的なパンクスが、新しい音楽スタイルを造形することそのものよりも、とにかく既存の音楽の破壊を願ったように、トランピズムに乗る人々が望んでいるのも、新たなアメリカ像や、新機軸の政策ビジョンである以上に、とにかく既成の秩序の「破壊」と正統的な価値の「逆転」であり、つまるところ、橋下徹氏がかつて掲げていたスローガン、すなわち「グレートリセット」なのであろう。

気がかりな人物がいる。トランプ政権の実質的な知恵袋とも言われる首席戦略官のスティーヴン・バノン氏だ。彼は、二〇一四年、米ニュースサイト「デーリー・ビースト」の人物紹介記事で、

「私はレーニン主義者だ」

と述べ、続けてこう言っている。

「レーニンは国家を破壊したがっていたし、それが私の目標でもある。私は全てをたたきつぶしたい。今日のエスタブリッシュメントをすべて破壊したい」

アメリカは、失う物を持っていない人間を作りすぎてしまったのかもしれない。

たぶん、安倍ちゃんのお土産だけじゃ足りないんだろうし。困ったことだ。

（「新潮45」二〇一七年三月号）

3／

「小池劇場」はポピュリズムの悪魔結合である

小池都政の支持率は相変わらず高い。

四月に実施された朝日新聞の世論調査では、七四％の都民が「支持する」と回答している。なかでも、自民党支持層の支持率は七八％と、八割に迫る勢いだ。

正直なところ、私は、この数字を理解できずにいる。

念のためにお断りしておくが、私がここで「理解できない」と言っているのは、文字通りの意味だ。「わからない」「目の前で起こっている現実をうまく了解することができない」という意味で私はこの言葉を使っている。小池都政に支持を寄せる都民を批判なり攻撃する目的でそう言っているのではない。

こんなことをわざわざ言わなければならないのは、最近、「理解できない」「意味わかんない」というフレーズを、「容認できない」「共感できない」ないしは「バカバカしくて相手にする気にもならない」くらいなニュアンスで使う若い人たちが増えているからだ。

それゆえ、自分の原稿の中で「理解できない」という言葉を、昔通りの意味で使う時には、わざわざその旨の断り書きを告知しておかないと落ち着かないのだ。やっかいな時代になったものだ。

あるいは、この種の言葉の使い方に、いちいち要らぬ神経をわずらわせていること自体、私の言語感覚が、二一世紀の標準から遊離しはじめていることの、あらわれであるのかもしれない。

でなくても、私が、小池都政の支持率の高さを理解できずにいることは、私の常識の経年劣化と無縁ではない。その自覚はある。この一〇年ほど、私の現実感覚は、ナマで起こっているリアルな現実と、微妙な部分で嚙み合わない。

原因は、普通に考えれば、この世界の現実が狂っているのか、でなければ私の現実感覚が狂っているのかのどちらかであるはずなのだが、どうせ、狂っているのは私の方なのだろう。いずれにせよ、自分以外の全世界が狂っていると考える人間の正常さは、世間から見れば狂っている。私は、現実を読み解けない。実に困難な事態ではないか。

そんなわけなので、本稿では、東京でいま起こっている小池現象を読み解くにあたって、「どうしてオダジマは小池百合子の人気を理解できないのか」という問いから出発することにする。同じ問題を扱う場合でも、「小池支持というポピュリズムが都民を支配しているのはなにゆえなのか」という方向から書き始めると、たぶんろくなことにはならない。

出発点が同じでも、着地点が同じでも、掲げる問いの立て方は、でき得る限り、謙虚かつ誠実である方が望ましい。むずかしい課題だが、なんとかやりとげたい。

「ポピュリズム」はやっかいな言葉だ。

なぜなら、この言葉の持っている毒は、人気のある政治家なり政策に対してだけではなく、それを支持している民衆そのものにも向けられているからだ。

ということはつまり、ポピュリズム批判は、かなりの度合いで「愚民批判」を含むことになるわけで、してみると、ポピュリズム批判の根底にある愚民蔑視思想の刃は、そのまま民主主義自体への殺意に変貌しかねない。この愚をおかしてはならない。

ほんの一年前まで、私は、地域政党の周辺に発生するポピュリズムを、大阪という土地柄と、彼の地に住む人々の人情風俗がもたらしている特殊事情であるというふうに理解していた。有り体に言えば、「橋下徹劇場」は、大阪だからこそ起こり得た集団ヒステリーであり、彼の地の人々が、この何十年か味わってきた閉塞感と屈辱感への、あからさまな反動形成なのだと決めてかかっていたわけだ。

もっとも、私自身、その自分の決めつけに、さしたる根拠があると思っていたわけではない。ただ、東京の人間が大阪について考えたり語ったりする時に特有な半笑いの気分で、私はその「いかにも大阪っぽい」分析をネタとしていじくりまわしていたにすぎない。

「まあ、ノックさんを選んじゃう土地柄だからなあ」

「っていうか、東京っぽかったり、役人根性だったり、インテリ風を吹かせている人間でなければ誰でもええやんけってとこなわけだろ?」

「なんというのか、あの町の人らの奇妙に屈折したプライドとやたらと攻撃的な地元意識が、風雲児タイプのリーダーを待望させるのかもしれないな」

ってな調子で、無責任な批評をカマしながら、私は、同じような地域型人情喜劇スラップスティック劇場政治が自らの地元である東京を席巻するようなことは、決してあり得ないと考えていた。


傍証もあった。

というよりも、具体的に言えば、松本創氏の書いた『誰が「橋下徹」をつくったか――大阪都構想とメディアの迷走』(140B)という本が、私の「大阪は特別だよ」という身勝手な思い込みに、好都合な補強材料をもたらしてくれていた。

本書は、当初は橋下徹氏の振る舞い方に反発していた在阪の地元メディア各社が、やがて政権に迎合し、その高い注目度と巧みな恫喝の手口に籠絡されて、最終的に「御用広報機関」に変貌して行った過程を、豊富な取材と証言をもとに解き明かした素晴らしいルポルタージュなのだが、私はこれを読んで、「ほら見たことか」とばかりに、大阪の現実を軽く見てしまったわけなのだ。

もっと言えば、私は、本書の中で活写されている関西のローカルマスコミの腰砕けぶりとアカデミズムの無抵抗ぶりを、「しょせんは田舎メディアと田舎インテリだからなあ」と、あなどっていたのかもしれない。

そうでなかったのだとしても、少なくとも私は、大阪のメディア各社に比べれば、予算的にも人材的にも優に一〇倍以上の規模を誇る東京のマスコミ企業群が、そうそう簡単に一人の政治家の飼い犬に成り下がるようなことは、金輪際あり得ないと考えていた。

ところが、小池百合子都知事が登場してみると、なんと、あらまあびっくり、われらが東京でも、『誰が「橋下徹」をつくったか』の中で描かれていたのとほとんど同じドタバタ喜劇が開始され、しかもその馬鹿げた田舎芝居は、都議選に向けてますます活気づいている。

私は読み違えていたわけだ。

もっとも、東京のマスコミが大阪のマスコミほどちっぽけではないというのは、私が考えていた通りで、実際、現状で、東京のメディア企業が、軒並み、諸手を挙げて「小池百合子万歳」の御用報道合戦を繰り広げているわけではない。

批判的な報道もある。正面から豊洲市場対応を批判している評論家や有識者もそれなりにはいる。

ざっと見たところ、平日の午前中から夕方の時間帯にかけて帯で放送されている「情報番組」（いわゆる「ワイドショー」）が、小池陣営に籠絡されている点を除けば、新聞も、週刊誌も、テレビの報道枠も、決して小池支持一辺倒にはなっていない。そういう意味では、東京のマスコミ報道は、在阪マスコミの維新大本営体制よりはずっと健全な基準で動いていると言えるだろう。

とはいえ、ワイドショーの小池アゲは、既に危険水域に到達して久しい。

私は、普段その種の番組は、滅多に見ないのだが、それでも、メディアチェックの必要上、週に一回程度は、各局のワイドショーをながら見することにしている。で、気がつくのは、豊洲市場問題が数字に結びつくことがはっきりして以来、ワイドショー番組のキューシート（番組進行表）の小池依存度が、連続モノのドキュメンタリードラマさながらの頻度で、ヘビーローテーションされていることだ。

ワイドショーは、ただでさえ放送の尺（時間枠）が長い。そこへ持ってきて、この一〇年ほど、芸能ネタが乏しい。芸能スキャンダルを拾って歩いていた芸能レポーターが死滅したこともあるが、それ以前に、タレントのゴシップに視聴者が関心を抱かなくなっている。であるからして、毎日丸々三時間近い放送枠を埋めるために、ワイドショーのスタッフは連日、アタマを痛めている。

しかも、人材が乏しい。

取材に割ける記者の数は全盛期に比べて半分以下に減っていると言われている。

予算も確実に削られている。

にもかかわらず、放送時間は一向に減っていない。とすれば、ネタ拾いノルマに追いまくられる番組スタッフが、定番ネタに依存するようになるのは、理の当然というのか、展開上の必然でもある。

てなわけで、毎日定例会見に顔を出してぶら下がってさえいればネタを差配してくれる都庁由来のネタは大変にありがたい。もし、その都庁ネタが、人気企画になってくれたら、スタッフにとってこんなにうれしいことはない。

かくして、豊洲劇場は、定時送出の昼メロとして上演されるようになった。

もう少し踏み込んだ言い方をするなら、「豊洲」は、ワイドショー活性化のための時間消費コンテンツとして、都庁とテレビ制作会社の共犯関係の中で創作された、と、私はそのように考えている。

もちろん、豊洲が昼下がりの高齢視聴者向けのデイリーコンテンツとして採用されたのは、豊洲が、小ネタの宝庫だったからで、その意味で、ワイドショーが豊洲問題を取り上げていることそのものを、それ自体としてテレビの堕落だと断定するつもりはない。

問題は、夕方の情報番組の小池依存度が高まるとともに、番組スタッフやレポーターが、取材先である小池陣営に同情的な姿勢を隠さなくなってきている点だ。

これは、スタッフや記者個々人の自覚では単なる「人情」の問題になるのだろうが、その個々の彼らの「人情」や「慣れ」を合算すると、結果として「癒着」によく似た関係ができあがる。その現場のもたれ合いこそが、ポピュリズムと呼ばれるものに肥料を与えている。

豊洲の問題を本格的に語るには、誌面が少なすぎる。なので、ここではごく簡単に申し上げるにとどめることにする。ワイドショーの豊洲報道の不可思議さは、一連の事態の経緯や周辺事情をやたらと詳細に報じている割に、解決の道筋についての解説や提言がほとんど出てこない点だ。彼らにとっては、混乱が続けば続くほど「おいしい」。だから、ワイドショーのカメラは、ナイター中継のスタッフが乱打戦を喜ぶみたいな調子で、今日の新展開を伝えている。これが堕落でなくてなんだろうか。しかも、基本スタンスは小池万歳から外に出ない。

個人的な見解を述べれば、私は、豊洲については、ガバナンスの問題と安全性の問題をきちんと切り分けて議論するべきだと考えている。

豊洲移転決定の背景に、不透明な経緯があったことはおそらく事実だ。その点を解明し、責任を追及しなければならないことも間違いない。

しかしながら、設計と施行の手順に瑕疵があったのであれ、盛土のあれこれについて許しがたい手抜きと不正が介在していたのであれ、それらの出来事と、豊洲新市場の安全性それ自体は別の話として切り分けて検討しなければならない。

「ガバナンスがデタラメだったんだから危険に決まっている」

「最初の設計図を守っていないんだから使いものにならないに違いない」

という理屈に乗っかって事態を決めつけにかかるのは、冷静な考え方ではない。いたずらに不安を煽るような報道は控えるべきだし、豊洲の綱引きを政局化して、政治家の権力争いに利用するような報道にテレビが加担することは絶対に避けなければならない。

ところが、「物語」を好むワイドショーは、移転のロードマップの正常化や、責任追及の手順といった現実的な落とし所の話よりも、「誰が悪者なのか」「元凶は誰なのか」といった、おバカなミステリードラマの犯人さがしみたいな過程をひたすらに楽しむ形で消費されることになっている。となると、この種の仕事は、小池百合子の独擅場になる。というのも、もともとがテレビ出身のキャスターである小池百合子氏は、番組制作の急所と勘所をわきまえているからだ。

どこでどういう発言をして、どんな服装でどっちを向いて笑えば、テレビ局のカメラマンがどの角度から撮影して、どの番組のどの企画の中で、何秒間ＶＴＲ映像をリピートするのかを、彼女はあらかじめ知悉《ちしつ》していて、だから、取材に対しては、いつも切り取って使いやすい「顔（画）」と、「言葉」を提供してくれる。番組制作スタッフにとって、こんなにありがたい政治家はいない。

私が特に印象深く記憶しているのは、一月の下旬、自身の運営する政治団体「都民ファーストの会」が、夏の東京都議会議員選挙に向け、最初の公認候補として四人を擁立し、あわせて同会が地域政党として活動を始める旨を明らかにした時の記者会見の模様だ。

新しい会派の立ち上げと、公認候補の選定を伝えるＶＴＲ映像の中で、小池百合子氏は、自身が都知事として初登庁した際に自分を出迎えてくれた三人の都議を「ファーストペンギン」という言葉を使って描写している。

その、「ファーストペンギンです」と言う時の「メディアの皆さん、わかってますか？ここ、見出しで使うとこですよ」と、軽く小首をかしげてみせる表情と仕草を眺めながら、私は、「ああ、この人は、スタジオ用の五秒ＶＴＲから逆算して、こういうコメントを用意する能力を持っているのだな」と思ったものだった。

あざとさ。

いかがわしさ。

うさんくささ。

えげつなさ。

おしつけがましさ。

小池百合子のメディア操作術を「あいうえお」で表現すれば、以上の五行に集約できるわけだが、こんな簡単なことでメディアがてなずけられたのでは、とてもじゃないが民主主義は立ち行かない。

私が読み違えたのは、メディアの役割だった。東京のマスコミが、丸ごとそっくり小池万歳の翼賛体制に陥ることはあり得ないというところまでは、私の予想は外れていなかった。実際に小池に転んだのは、民放各局のワイドショーだけだった。しかしながら、その、数にしてせいぜい五つか六つの番組の影響力は、私が考えていたよりもずっと大きかった。

もう少し詳しく言えば、失業者と専業主婦と年寄りしか見ていないと言われる、その時間帯の情報ワイド番組をバカにしていたのは、私の認識不足だったわけで、失業者と専業主婦と年寄りしか見ていないからこそ、ワイドショーの影響力は巨大だったということだ。

というのも、政治を動かしているのは、実は、インテリでもなければビジネスマンでも学生でもなくて、一番数が多くて確実に投票所に足を運ぶ、失業者と専業主婦と年寄りであるはずだからだ。

小池百合子氏の政治手法は、政治家としての師と言われる小泉純一郎氏から学んだものだ。たしかに、「ワンフレーズ・ポリティックス」と呼ぶにふさわしい、キャッチコピー選びの巧みさは、小泉元首相直伝と言って良い。「豊洲」「伏魔殿」「安全より安心」といった、見出しになりやすいフレーズを連発しつつ、外堀から政敵を追い落としにかかっている小池百合子氏の快進撃ぶりは、「構造改革」に反対する政治家を「抵抗勢力」と名付けて、その彼らの選挙区に「刺客候補」を送った小泉氏の芝居がかった振る舞い方を彷彿とさせる。

ただ、小池百合子氏は、小泉流のわかりやすさに加えて、橋下徹前大阪市長に通じるメディア扱いのしたたかさを持っている点で師を超えているかもしれない。小泉と橋下の悪魔結合である。

いずれにしても、当初は選挙戦の中で排外主義的な主張（舛添前都知事が打ち出していた韓国人学校増設のための都有地貸与の方針を撤回すること）を訴えるためのフレーズとして使用していた「都民ファースト」を、いつの間にやら「議会や都庁の既得権益層よりも住民である都民を大切にする会派」の看板に付け替えてみせたパラダイムシフトの見事さは、並大抵の政治家の手腕ではない。

小池陣営は、橋下徹前大阪市長を支えていたスタッフをそのまま引き抜いている。その意味で、小泉純一郎&橋下徹を悪魔合体させた究極のポピュリズム政治家と見なさなければならない。

油断は禁物だ。

しょせんは、ワイドショーのアイドル、とタカをくっていた私の目は節穴だった。反省せねばならない。ワイドショーこそが、票田への用水路であることを肝に銘じなければならない。

昨年八月の定例会見で、小池新都知事は、慶應大教授の上山信一氏、青山学院大教授の小島敏郎氏、弁護士の加毛《かも》修氏と坂根義範氏、公認会計士の須田徹氏という五人を顧問として迎える旨を発表している。この中で、中心人物とみられる上山氏は運輸省（現・国交省）、コンサルティングのマッキンゼー日本支社などを経て、二〇〇八年に橋下徹・大阪府知事誕生と同時に、府庁に特別顧問として迎えられた人物であり、「大阪都構想」のキーマンだ。

この夏、われら都民は、大阪のドタバタを半笑いで面白がっていたことのツケを払うことになるだろう。

敵は橋下徹以上に手強い。
なにしろ、パッと見があいつほど憎らしくない。
東京国構想とかを打ち出されたら、うっかり支持してしまうかもしれない。
くわばらくわばら。

（「新潮45」二〇一七年六月号）

3

佐川氏証人喚問視聴記

この火曜日（三月二七日）におこなわれた、佐川宣寿前国税庁長官の証人喚問は、いろいろな意味で興味深いコンテンツだった。

私は、ほかのところの原稿を書きながらだが、参院での喚問のテレビ中継を、アタマから最後まで視聴した。午後にはいってからの衆議院での喚問は、仕事に身がはいった結果、きちんと追い切れていないのだが、それでもデスクの前のテレビをつけっぱなしにしておくことだけはしておいた。

全体を通しての感想は、最初に述べた通り、テレビ放送のコンテンツとして秀逸な番組だったということだ。

逆に、面白くなかったら、私のような飽きっぽい人間がこんなに長時間付き合うはずもなかったわけで、つまるところ、あれは近来稀な見世物だったということだ。

もっとも、あの喚問が真相の究明に資するのかどうかはわからない。というよりも、NHKが公開している書き起こしを見る限り、今回の国会でのやりとりから新たに明らかになった事実はほとんどない。その意味では、証人喚問は無意味なパフォーマンスだったのだろう。

https://www3.nhk.or.jp/news/special/sagawa_testimony/

ただ、私は少なくともあの番組を楽しんで視聴した。これは重要なポイントだ。説明がむずかしいのだが、つまり、あの喚問は、真相究明のための証言として評価する限りにおいてはグダグダの田舎芝居に過ぎなかったわけなのだが、その一方で、エンターテインメント目的の軽演劇として、また、あるタイプのプロパガンダ資料として、さらには、われわれの社会に底流する不条理を視覚化した極めて批評的なドキュメンタリー映像として評価してみると、実に示唆するところの多い不規則ノイズ満載の制作物だったということだ。

喚問を通して明らかになった「事実」は、なるほどゼロだった。しかしながら、あの日、国会を舞台に撮影された映像から視聴者が感じ取った「心象」や、受けとめた「気分」や、呼び覚まされた「感情」の総量はバカにならない。われわれは、あのナマ動画から実に多大な「感想」を得ている。そして、おそらく、これから先の政局を動かすのは、「事実」

3／

ワンフレーズの罠。


ではなく「感想」なのだ。そのことを思えば、あの喚問が実施されテレビ放映されたことの意味は、与野党双方にとって、また、わが国の政治の近未来にとって、重大だったと申し上げなければならない。

政局は、これからしばらく、「何かが明らかになる」ことによってではなく、「何ひとつ明らかになっていない」ことへの苛立ちや諦念がもたらす複雑な波及効果によって動くことになることだろう。

われわれは、巨大な手間と労力と時間を傾けながら憲政史上前例のない不毛な対話を同時視聴した。で、この間に蓄積した壮大な徒労感は、この先、さまざまな局面で噴出せずにはおかない。どうなるのかはわからないが、何かが起こるであろうことは確かだ。

ツイッターのタイムラインを眺めていて印象深かったのは、佐川氏の受け答えへの評価が、きっぱりと両極端に分かれていたことだ。

この事実は、対話の内容そのものにはほとんどまったく意味がなかったあの日の国会での対話を、視聴者の側が、それぞれ、自分の予断に沿って「解釈」していたことを示唆している。

政権のやり方に反対している立場の人々は、あの日のやりとりから、佐川氏が何かを隠そうとしていること、政権側が特定のシナリオに沿って事実の隠蔽ないしは歪曲をはかろうとしていること、そして彼らが隠そうとしている事実の背後には総理夫妻の「関与」と、その記録を組織的に改竄するための「陰謀」が立ちはだかっているはずだという「印象」を得て、自分たちがずっと以前から抱いていた予断への確信をいよいよ深めつつある。

その彼らの反対側には、まったく逆の受けとめ方をしている人たちがいる。政権を支持する立場の人々は、野党側による揚げ足取りが結局のところ徒労に終わりつつあることは誰の目にも明らかだと考えている。彼らは、アベノセイダーズが瑣末な矛盾点を針小棒大にあげつらってはさも世紀の大疑獄であるかのように印象付けようとしているパヨク芝居の滑稽さは、いよいよ疾病の領域に突入しているといった感じの認識を共有していたりする。

両派とも、あの不毛かつ不快なグダグダのやりとりから、自分たちがあらかじめ抱いていた予断の正しさを証明する印象を読み取っていたことになる。結局、あの種の抽象的な言葉の行ったり来たりは、受け手の側の耳の傾けようでどんなふうにでも聞こえ得るということを証明したわけだ。

だから、当稿では、森友事件の「真相」を云々する議論には深入りしない。

というのも「真相」に関して自分なりの予断を抱いている人々は、その「真相」を容易には手離そうとしないだろうし、そもそも「事件」が存在しない以上「真相」なんてものはじめから存在するはずがないというふうに考えている人々は、何が出て来ようが、「真相」に目を向けようとはしないからだ。ということはつまり結局のところ、この議論の結末は、何年か後に、様々な利害関係が風化して、党派的な人々が死滅してからでないと落着しないはずなのだ。

ここでは、「事件」の「真相」とは切り離して、佐川宣寿氏のパフォーマンスを印象ベースで評価してみるつもりでいる。

彼の言葉の意味や内容の評価ではない。論理的な帰結の話をしたいのでもない。

言葉の内容はゼロだった。この点ははっきりしている。そして、彼の言葉が無内容だった理由については、繰り返しになるが、政権不支持側の人々は、森友事件の当事者ならびに政権の中枢に連なる人間たちが事実を隠蔽せんとしていたからだと言い張っているし、政権支持側の人々は、佐川氏の答弁が無内容になったのは、そもそも野党側の質問自体が事実とは無縁な空疎な演説であったことの反映であるというふうに決めつけている。いずれが正しいのかはここでは結論を出さない。私が問題にしようと考えているのは、あのどうにも無内容で薄っぺらな定型句の繰り返しが、聴き手であるわれわれにどんな印象をもたらしているのかというポイントだ。

まず触れておかなければならないのは、「敬語」の問題だ。

佐川氏があの日のやり取りの中で何度も繰り返していた「その点につきましては、さきほどから何度も繰り返し申し上げておりますとおり、まさに刑事訴追のおそれがあるということでございますので、私の方からの答弁は差し控えさせていただきたいというふうに思っておるのでございます」式の言い回しからわたくしども平均的な日本人が受けとめるのは、

「過剰な敬語を使う人間のうさんくささ」

「厳重な丁寧語の壁の向こう側に隠蔽されているもののけたくその悪さ」

「させていただく敬語の気持ちの悪さ」

「敬語の鎧で自らを防衛せんとしている人間の内実の脆弱さ」

といったほどのことだ。

ついでに申せば「お答え」「お示し」「ご理解をしてございます」あたりの耳慣れない言い回しを聞かされるに至っては、「バカにしてんのか?」と、気色ばむ向きも少なくなかったはずだ。

「木で鼻をくくったような」という定型句が示唆するところそのままのあの種の官僚答弁は、官僚への反感を増幅するだけではすまない。最終的には、国会という議論の場の存在意義をまるごと疑わしめることになる。その意味で非常に破壊的な言葉でもある。

3／

ワンフレーズの罠。

この世界は「売り言葉に買い言葉」式の単純な呼応関係だけでできあがっているわけではない。反対側には「ざあますにべらんめえ」という感じの反作用があって、少なくとも私のような場末生まれの人間は、過剰な敬語を浴びせられるとかえって粗雑な返答で報いたくなる傾きを持っている。ともあれ、佐川氏の敬語の過剰さは、敬語という用語法そのものへの嫌悪感を掻き立てかねない水準に到達していた。このことは強調しておきたい。

敬語は、基本的には対面する他者への敬意を表現する用語法だ。

が、そうした敬意を運ぶ船としての一面とは別に、敬語は、個人が社会から身を守るための防御壁としての機能や、本音を隠蔽するカーテンの役割を担ってもいる。

キャリア官僚のような立場の人間が振り回すケースでは「あなたと私は対等の人間ではない」ということを先方に思い知らせるための実にイヤミったらしいツールにもなる。

佐川前長官が、国民にケンカを売っていたと言いたいのではない。

私は、敬語を使っている側の人間が、攻撃的な意図でそれを用いていなくても、敬語を聞かされる側の人間が、その言葉の堅固な様子から、「冷たさ」や「隔絶の意思の表明」や「人として触れ合うことの拒絶」や「形式の中に閉じこもろうとする決意」を感じ取るのは大いにあり得ることだというお話をしている。その意味で、少なくとも私個人は、あの日の佐川前国税庁長官の過剰な敬語の背後に、彼が必死で防衛しようとしているものの正体を忖度せずにはいられなかった。

「どうしてこの人は、これほどまでにロボットライクに振る舞っているのだろうか」

「人間らしい言葉を使うと、自分の中の何かが決壊して本音が漏れ出てしまうかもしれないから、それでこの人はスタートレックに出てくるバルカン人のスポック氏みたいなしゃべり方を続行しているのだろうな」

「要するにこの人は、あらかじめ準備したシナリオから絶対に外に出ないことを自らに言い聞かせるために、この異様に格式張った日本語でしゃべることを自らに課しているのだな」

思うに、彼は、自分の言葉から「トーン」や「表情」や、「ニュアンス」を消し去ることを企図していたわけで、だからこそ、ああいうふうな人工言語で語る必要を感じていたはずなのだ。

面白かったのは、共産党や民進党の議員さんからの辛辣で高圧的でともすると失礼にさえ聞こえるきびしい質問に対しては、あくまでも冷静に定型的に無表情を貫いて回答していた佐川さんが、唯一動揺したように見えたのが、優しい口調で投げかけられた無所属クラブの薬師寺みちよ議員の質問に触れた時だった。

もっとも佐川さんが動揺していたように見えたというのは、私がテレビ画面を見て感じた印象にすぎない。

もしかすると、彼はまるで動揺していたわけではなくて、単に、質問を意外に感じて、目を見開くような表情をしたということに過ぎなかったのかもしれない。

でも、私の目には、その時、佐川氏が一瞬涙ぐんでいるように見えた。そして、そんな自分をおさえこむべく、あえて目を見開くようにして薬師寺議員を見返すことで自分の中の感情に対処しているように見えた。

まあ、この見方は、私が自分の側の思い込みを投影しているだけの話であるかもしれないので、断定はしない。ただ、この時の佐川さんの答え方のトーンが、それまでの調子と違っていたことは確かだと思う。

薬師寺議員は、こう尋ねている。

「ありがとうございます。最後に私、これで参議院の最後でございます。今回のこの証人喚問は、日本全国の公務員の皆様方も注目してらっしゃいます」

「まさに公務員の皆様方の信頼を失墜させるに値するものだということでございますので、しっかりとそのメッセージを発信していただきたいんですけれども、どのように今お考えになってらっしゃいますか」

意外な方向からの問いかけである。

これに対して、佐川氏は「今ご指摘をいただきましたように、これで全国の公務員の方の信頼をおとしめるということがあったとすれば、本当に申し訳ないことだと思っております。深くおわび申し上げます」と言って、深々とアタマを下げている。

おそらくだが、佐川氏は、文書改竄の時期であるとか、国有地値引きの経緯であるとかいった、センシティブな事柄については、一切証言を拒絶するということではじめから方針を固めていた。

その意味で、佐川氏にとっては、共産党や民進党の議員が矢継ぎ早に投げかけてきた厳しい質問は、辛辣かつ詰問調であるがゆえに、かえって対処しやすかったはずだ。というのも、想定済みの攻撃に対してはこちらも想定通りの回答を投げ返せば良いだけの話だからだ。

ところが、薬師寺議員の教え諭すような口調の質問（↑ツイッター上では、「みちよママ！」「ママ感すごい」という呼びかけが多数寄せられていた）には、思わず心が動いてしまった。

しかも、質問は、この日の焦点となっていた事件の真相や首相夫妻の関与とは一歩離れたところにあるお話で、「全国の公務員に向けてメッセージを」という、なんだか叱られている小学生に語りかけるみたいな、奇妙な調子のお願いだった。

3／ワンフレーズの罠。

これには、佐川氏も思わず、自らを顧みずにはおれなかった。

「ああ、そうだ。いま、オレがやっているこの仕事を、日本中の公務員が見ている。きっと若い連中もオレを見ている。オレにも若い時代があり、その若かったオレには、若い時代の理想があった。公務員試験の勉強に励んでいた当時、オレは純粋に公に尽くすことを願っていた。ああそれなのにいまのオレは」

と思ったものなのかどうか、とにかく、二時間ほどの参院での答弁の間、毛ほども乱れなかった佐川前長官の表情は、この時はじめて、なんだか少し苦しい何かを飲み込もうとしている人間の表情に見えたのである。

敬語の鎧の隙間からちらりとでもなにか心情らしきものが覗かないか。そう期待して中継を見ていた視聴者には、グッとくるポイントだ。なんとドラマチックではないか。

もちろん、私がここで並べ立てたお話は、テレビ画面を見ただけの私の個人的な印象にすぎない。

もっと言えば私の作り話だ。真相は別のところにある。それはよくわかっている。

でも、最初に言ったように、世界を動かしているのは、真相ではない。われわれの心を動かすのは印象であり憶測であり予断であり不安だ。

いずれにせよ、そうした真相と無縁ではないものの、同じものではあり得ない様々な感情が、多くの人々のものの考え方を支配している。
そして、そのわれわれが事態の外形を眺めて抱く直感は、多くの場合、案外鋭いところを突いているものなのだと、私はそう考えている。

（「ア・ピース・オブ・警句」二〇一八年三月三〇日）

3／

「言い訳にすぎない」と言えるのは、自分だけ

今週のはじめ、ツイッターのタイムラインに不思議な画像が流れてきた。

バドミントンのラケットを持つ女性の写真を中央に配し、その上に
　障がいは言い訳にすぎない。

　負けたら、自分が弱いだけ。

という二行のキャッチコピーが大書してある。

写真の右側には「バドミントン｜SU5（上肢障がい）杉野明子」と、写真の人物のプロフィール情報が記されている。

東京駅に掲出されていたポスターで、制作は東京都だという。

一見して困惑した。

五輪パラリンピックを主催する自治体である東京都が、公的機関による障害者雇用の水増しの問題がくすぶり続けているこの時期に、あえてこの内容のポスターを制作して世に

問うた狙いが、どうしてもうまく飲み込めなかったからだ。

本題に入る前に、「障害」「障がい」というふたつの表記について、私なりの基準を明示しておきたい。

簡単に言えば、「害」という文字に悪い意味が含まれているからという理由で、その漢字をひらがなに開いて表記するタイプの問題のかわし方は、私の好みに合わないということだ。

ご存じの通り、漢字は表意文字だ。一文字ごとに漢和辞典を引いてみればわかることだが、われわれがよく知っているつもりでいる文字にも、時に意外な意味が隠れていたりする。たとえば日本経済新聞の「経」には「首をくくる」という含意がある。だからといって、私は「日けいビジネスオンライン」とは書かない。そんな対応をしていたら、日本語の書物はひらがなだらけになる。

もうひとつ言えば、「障害」は、厚生労働省のホームページの中で使われていることでもわかる通り、明らかな害意が証明されている表記ではない。「障害者総合支援法」という法律の名称にもそのまま「障害者」の文字が使われている。

したがって、当稿では、引用文については引用元の書き手の表記法を尊重するが、私自身の文責で書くテキストに関しては、法律がそうしている通りに「障害」「障害者」という表記を採用する。
以上、表記についての説明はこれまで。以下、話を戻す。

ポスターを見た後、私はツイッター上に
《活躍する障害者を持ち上げるのは大いに結構だと思う。でも、一握りの例外的な成功者をこういう形で利用（↑「ハンディキャッパーも自己責任で頑張れ」的な突き放し言説を補強するサンプルとして）するのはどうなんだ？　しかもそれをやっているのがパラリンピックを招致する自治体だし。》
《「障害を言い訳にするな」も「死んだら負け」も、当事者による自戒の言葉だからこそ意味を持つのであって、同じ言葉を他人が言ったら、その言葉はそのまま障害や希死念慮を持つ人への迫害になる。で、その「迫害」が、いま、当事者の言葉をオウム返しにする形で拡散されている。》
という二つのツイートを書き込んで、とりあえずその日は寝た。
翌朝、毎日新聞社から当該のポスターについての感想を問う内容の電話があった。記者さんの話によると、東京都は各方面からのクレームに対応する形で、一五日の夜にポスターを撤去しているということだった。

ポスターのキャッチコピーとして採用された杉野明子選手の元発言は、以下のインタビュー記事の中のものだ。

「それまで健常の大会に出ているときは、障がいがあってもできるんだという気持ちもあれば、負けたら〝障がいがあるから仕方ない〟と言い訳している自分がありました。でもパラバドでは言い訳ができないんです。シンプルに勝ち負け。負けたら自分が弱いだけ」

私がこの発言を要約してポスターのキャッチコピーにするのだとしたら、「パラバドでは障がいは言い訳にできない」と書くと思う。

なぜというに、杉野選手の発言の主旨はあくまでも「健常の大会では、自分の障がいを言い訳にしていた私も、（同じ障がい者同士が戦う）パラスポーツの世界では、障がいは言い訳にすることはできない」ということだからだ。

ところが東京都が作ったポスターでは、「パラバドでは」という主語が省略されている。しかも、「障がいは言い訳にできない」という杉野選手自身の言葉を「障がいは言い訳にすぎない」と、一段階強い言い方に改変している。

なんとも不可解な「翻訳」だ。

3／

ワンフレーズの罠。

もうひとつ不可解なのは、普通の読解力を持っている日本人なら、誰であれ一見して炎上が予想できる「障がいは言い訳にすぎない」というキャッチコピーが、制作段階でチェックされずに制作→印刷→掲出にまで至ってしまった点だ。

この種のＰＲにかかわる制作物は、通常、ラフ案の検討から最終版下の下版に至るまでの制作過程の各所で、様々な立場の人間の目による複数のチェックを通過して、はじめて完成に至ることになっている。

ということはつまり、誰が見ても炎上しそうなこのコピーが、最後まで無事にチェックを通過したこと自体が、極めて例外的ななりゆきだったと申し上げねばならない。

しかも、あらかじめ炎上上等の鉄火肌で業界を渡り歩く覚悟を決めているやぶれかぶれの中小企業ならいざしらず、当該のＰＲポスターの制作主体は、炎上やクレームを何よりも嫌うお役所である東京都だ。

どうして、こんなトンデモなブツが刷り上がってしまったのだろうか。

私のアタマで考えつく範囲のシナリオとしては、当該のコピーが「上から降りてきた案件」だった可能性くらいだ。

たとえば、組織委員会なり、都庁なり、あるいは競技団体なりのボスかでなければその側近あたりが、このコピーの発案者であるのだとしたら、これはもう、現場の人間は誰も口を出せない。

でなくても、当該のコピーを、やんごとなきあたりの誰かがラフ案の段階から強力にプッシュしていたみたいな事情があれば、やはり下っ端の関係者は黙らざるを得ない。

ともあれ、ポスターは制作され、掲示され、撤去された。

制作過程で何があったのかは、どうせわれわれには明かされない。

私もこれ以上は詮索しない。

ただ、「障がいは言い訳にすぎない」なる文言を大書したポスターが掲出されるにふさわしい空気は、五輪招致決定以来、東京都内に蔓延しはじめているとは思う。

どういうことなのかというと、アスリートを前面に押し出して「頑張る人を応援する」という一見前向きなメッセージを発信しつつ、その実、「頑張らない人」や「甘えている人間」や「現状に安住している市民」を攻撃する言説を広めようとしている人々が、各所にあらわれはじめているということだ。

冒頭の部分で紹介したツイートの中で、私が今回の「障がいは言い訳にすぎない」というポスターの案件をさるコメディアンがテレビ番組の中で発した「死んだら負け」発言と一括りに扱った意図もそこのところにある。

つまり、私個人は「障がいは言い訳にすぎない」と「死んだら負け」という、この二つの文言は深いところでつながっているひとつの思想の別の一断面だと考えているということだ。

ついでに申せば、先日来、様々な場面で蒸し返され続けている「生産性のない人たちに税金を投入するのは間違いだ」と言った国会議員の署名記事とも、根っこは同じだと思っている。


「死んだら負け」発言についてざっと振り返っておく。

これは、吉本興業所属のお笑いユニット「ダウンタウン」の松本人志氏が、一四日放送のフジテレビ系「ワイドナショー」の中で漏らした言葉だ。

以下、スポーツ報知の記事を引用する。

《―略―　松本人志（55）は、今回の裁判に「こういう自殺の話になったときに、原因をみなさん突き止めたがるじゃないですか」とした上で「正直言って、理由なんて自殺、ひとつじゃないと思うんですよ。いろんな複合的なことが重なって、許容範囲を超えちゃって、それこそ水がコップからあふれ出ていっちゃうんだと思うんです。これが原因だからってないんです。ないから多分、遺書もないんです」と自身の見解を示した。

さらに「これは突き止めるのが不可能で、もちろん、ぼくは事務所が悪くないとも言えないですし、言うこともできないんですけど、我々、こういう番組でこういう自殺者が出てこういうニュースを扱うときになかなか亡くなった人を責めづらい、責めれないよね。でも、そうなんやけど、ついついかばってしまいがちなんだけど、ぼくはやっぱり死んだら負けやっていうことをもっとみんなが言わないと、死んだらみんながかばってくれるっていうこの風潮がすごく嫌なんです」と持論を展開した。「勉強、授業でも死んだら負けやぞっていうことをもっともっと教えていくべきやと」と訴えていた。》

以上の発言には、SNSや掲示板を通じて、賛否の声が多数寄せられたかに見える。

で、それらの反応を受けて、松本氏は、一七日に、自身のツイッターアカウントから、

《自殺する子供をひとりでも減らすため【死んだら負け】をオレは言い続けるよ。。。》

という言葉をツイートしている。

松本氏に悪気がないことはわかっている。

彼は、自分の発言に悪気がないことを自覚していて、しかも、自らの主張に自信を抱いているからこそ、あえてツイッターで同じ言葉を重ねたに違いない。

しかし、問題は「悪気」の有無ではない。「害意」や「差別意識」や「攻撃欲求」の有無でもない。

われわれは誰であれ、日常的に悪意のない言葉で他人を落胆させ、追い詰め、悲しませ、

失望させている。

ましてテレビで発言する有名人の言葉は、本人の意図とは別に、単独のフレーズとして独り歩きをする。

彼を擁護するファンは「発言の一部を切り取って批判するのは卑怯だ」という主旨の言葉を繰り返している。

これは問題発言を指摘された側の定番の反論なのだが、実際、一理ある主張でもある。言葉を切り取られた側が心外に思うのは当然の反応だ。

とはいえ、もともと言葉は、切り取られることによって拡散するものでもある。とすれば、知名度を持った人間は、公の場所でなにかを言うにあたって、自分の言葉が切り取られた先の結果に、あらかじめ思いを馳せておくべきだということになる。

「こういう言い方をしたら、相手はどういう受け止め方をするだろうか」

と、いちいち考えるのは、たしかに著しくめんどうくさいことだ。が、言論というのは、結局のところ、そういうめんどうくささそのものを指す言葉でもあるのだ。

松本氏の一連の発言のうち「自殺の原因は簡単には決められない」という部分については、私自身も、おおむねその通りだと思っている。

「死んだらみんながかばってくれるっていうこの風潮がすごく嫌なんです」という指摘も、

鋭いところを突いていると思う。

実際、WHO（世界保健機関）がリリースしている自殺報道のガイドラインの中でも、自殺者を過剰にエモーショナル（感情的）に扱うことや、希死念慮を抱いている人間に向けて「死をもって訴えること」が大きな効果を持っているかのような情報を与えることを強くいましめている。

現状の日本のテレビの自殺の扱いは、松本氏が「嫌なんです」と言っている通り、自殺者を聖人扱いにしたり、「自らの死と引き換えに」伝えたメッセージを過剰に劇的に演出する傾向が強い。

ただ、決めのフレーズとして持ち出した「死んだら負け」というこの言葉は、松本氏の意図どおりに受け止められないだろう。

いじめなりパワハラなり経済的困窮なり病苦なりで苦しんでいる人たちが自殺を思い浮かべるのは、「勝ち負け」を意識しているからではない。というよりも、自殺という結末のつけ方がアタマから離れなくなるほどに追い詰められた人間は、そもそも「勝ち負け」という発想そのものを忌避するはずだ。さらに言うなら、「勝ち負け」に代表される競争的な設定にほとほと疲れ果てた結果として死に誘引されている人も少なくないはずなのだ。

とすれば、「死んだら負けだ」は、希死念慮を抱いている人間を鞭打つ結果になりかねない。

もちろん「死んだら勝てる」と思って死を意識している人間がいないとは限らない。そういう人間だって、いるかもしれない。そういう例外的な心の強い自殺志願者には、「死んだら負けだ」という言葉がハマるかもしれない。が、そんなケースはあくまでも例外にすぎない。

「障がいは言い訳にすぎない」と「死んだら負け」を批判した私のツイートには、私が想定していたよりは多くの反論が届けられた。

反論のツイートのひとつひとつを読みながら、私は、二〇一八年七月発売の月刊誌に掲載された杉田水脈議員の発言を取り上げた原稿の結論部分で抱いていたのと同じ感慨に打ちひしがれていた。

つまり、

《杉田議員の主張は、言葉の使い方こそ無神経ではあるものの、日本の「民意」を代表する言説のひとつだ。

だからこそ、私は、絶望している。》

と書いた時と同じように、私は「障がいは言い訳にすぎない」が、「勇気ある主張を打ち出した素晴らしいポスター」で、「死んだら負け」が、「そこいらへんの腰の引けた言論人が言わない魂の本音で、しかも、苦しんでいる人たちに本当の意味で寄り添っている温かい言葉」だと思っている人間が、もしかしたら、二一世紀の日本人の多数派なのかもしれないことに思い至って、失望しているということだ。

弱っている人間に「死んだら負けだ」という言葉を投げかける松本氏の態度を、あるタイプの人々は、「アルプスの少女ハイジ」の中で、主人公のハイジが脚は治っているにもかかわらず歩き出せない親友のクララに向かって「クララのバカっ！　何よ、意気地なしっ！」という叱咤の言葉をぶつけたあの名場面と同じ感覚で受け止めているのかもしれない。

実際、ふたつのエピソードの外形は似ていなくもない。

ただ、ハイジの言葉は、長らく一緒に過ごしている親しい友人であるクララに向けて、涙とともに発せられた、最後の手段と言っても良いギリギリの言葉だった。

ドラマのクライマックスを演出する中で、一見残酷に見える言葉が、実は必死の情熱の発露であり、その必死の言葉が奇跡を生むというストーリー展開は、あってしかるべきものだろう。

しかし現実の世界で、テレビの中の有名人が不特定多数の自殺志願者に向けて、逆説的な励ましの言葉を述べたところで、奇跡が起こる保証はない。

私は、松本氏の言葉が「非人情」だとか「残酷」だと言っているのではない。「障がいは言い訳にすぎない」のポスターをプッシュしていた人たちが、世にも悪辣な差別主義者だと断じているのでもない。

彼らは、「非情」であったり「残酷」であったりするよりは、むしろ「スパルタン」で「マッチョ」な自己責任論者というべき人々で「障害者であれ健常者であれ人間は誰でも、個々人が直面している個人的な逆境に負けることなく、絶えざる努力と克己の精神によってそれらを乗り越えるべきだ」という思想を抱いている、自己超克型の人間なのだと思う。

その彼らの思想が、間違っていると言いたいのでもない。

自己超克もしばき上げも、本人が自分を律する分にはかまわないし、大いに奮闘してもらいたいとも思っている。

ただ、その種の人生観は他人に求めるにふさわしいものではないし、見知らぬ人間に強要して良いものでもない。まして、上の者が下の者に、強い者が弱い者に求めると、単なる迫害になる。

私自身は、「死んだら負け」みたいな考え方をする人々とは正反対の人生観を抱いている。「死んだら勝ち」と考えているのではない。

一言で言えば、私は、自分に許される環境の中で最大限に快適に暮らすのが良い人生なのだというふうに考えている。

「それじゃ進歩がないじゃないか」と言う人には「ないよ」と答えておく。

ただ、進歩や向上が自分にとって快適であるような分野や場面に直面したら、私も自分なりに上を目指すはずだとは思っている。

これまでのところを振り返った部分で話をするなら、私は、自分を快適でない環境から逃亡し続けた結果として、現在いる場所にたどり着いた人間だと思っている。

もし、私が、置かれた場所で咲くことを至上命令として、逆境の中でたゆまぬ努力と忍耐を傾けるタイプの人間であったなら、私は、一二秒台前半で走る陸上選手であったことだろう。

新卒で就職した企業で残業を嫌がらず、慰安旅行を拒絶せずに仕事に励んでいれば、いまごろ私は課長くらいにはなっていたかもしれないし、もっと頑張ればあるいは役員にのぼりつめていたかもしれない。

でも、逃げてズルけて怠けてグズった結果としての現在の位置に、私はおおむね満足している。

なので、現状に苦しんでいる若い人たちには、この場を借りて「逃げるが勝ちだぞ」ということをお伝えしておきたい。

（「ア・ピース・オブ・警句」二〇一八年一〇月一九日）

3/

ワン
フレーズ
の罠。

民主主義は重箱の隅にある

二月二四日に沖縄県名護市辺野古の基地建設への賛否を問う県民投票が実施された。結果を簡単に整理しておくと、「反対」が四三万四二七三票（七二・二％）、「賛成」が一一万四九三三票（一九・一％）、「どちらでもない」が五万二六八二票（八・八％）と、投票した有権者の七割以上が「反対」の意思を表明している。投票率は五二・四八％だった。

これについて沖縄一区を地盤とする日本維新の会の下地幹郎議員（比例九州）は、二五日未明に「『反対』は43万人超、『反対以外』が計71万人」とツイートしている。同じ日の県議会では、自民党の山川典二議員が「反対は有権者の三八％で、過半数を超えていない」と述べている。

いずれも、「投票者のうちの七二％超が反対票を投じた」ことを無視して、分母に「有権者」を持ってくることで、「反対」の印象を薄めている。

計算式の立て方は様々あっていいが、この計算法を逆方向に応用すると「有権者の総数が約一一五万人で、そのうち賛成票を投じた人が約一一万人だということは、ほぼ九割の県民が基地建設に賛成していない」という結果を導き出すことも(あくまでも計算上は)可能になってしまう。

たとえば、二〇一七年の衆院選での与党の総得票数(二五五三万票)も、有権者の総数(約一億六〇九万人)を分母に計算すれば、たったの二四%程度だ。

もちろん、こんなものは数字の遊びに過ぎない。もう少し厳しい言い方をするなら「計算上の詭弁」ないしは「数式の嘘」とさえ言える。

投票率と得票率はそれぞれ別の意味を持った数字だ。どっちにしても民意は「真摯」に受け止めなければならない。

さて、この「民意」を踏まえて、辺野古への基地新設を推進する当事者である岩屋毅防衛大臣は、二月二六日の記者会見で、以下のように述べている。

「沖縄には沖縄の民主主義があり、しかし国には国の民主主義がある。それぞれに民意に対して責任を負っている」

なるほど。主旨としてはわからないでもない。しかし、ここに「民主主義」という言葉を持ってきたのはいかにも筋が悪い。たとえばこれが「利害」なり「立場」であれば、大臣の主張にもそれなりの説得力がある。「沖縄には沖縄の利害(立場)があり、国には国

ワンフレーズの罠。

3

の利害（立場）がある」なら、この言い方はとりあえず成立する。「言い分」でもＯＫだろう。

しかし、「民主主義」というデカい主語を持ってくると、文意は狂う。沖縄の民主主義と国の民主主義が別個のもので、時に相反するものなのだとすると、国民の数だけ個別の民主主義があるってなことになって、民主主義という概念そのものが溶解してしまう。

そもそも、「民主主義」とは、「民意を第一として運営される意思決定システム」そのものを意味している。とすれば、主体がなんであれ、同じ地点を目指さなければならない。

重箱の隅をつつく言葉遊びだと思った読者もおられるだろうが、民主主義を実現するための政治とは、つまり重箱の隅を整理する議論にほかならない。言葉遊びを軽視してはならない。

というよりも、「民意」や「民主主義」といった厄介な言葉について、言葉で遊びを繰り返すことこそが、民主政治を具現化するための最も確実な方法なのだと申し上げるべきだろう。

まあ、言葉遊びコラムニストによる手前味噌の発言ではあるわけだが。

（「pie in the sky」二〇一九年三月八日）

3

代案なしで文句言ったっていいじゃん

大学の入学試験もおおむねカタがついたようで、都心のオフィス街の周辺には、例によって微妙な真空状態が訪れている。

この時期は、毎年そうなのだが、知り合いへの連絡にちょっと気を使わねばならない。というのも、相手が身内に受験生をかかえている場合、結果を尋ねたものなのかどうか考え込んでしまうからだ。

真正面から問い質すのも無作法な気がするし、かといって、まるで気づいていないふりをするのもそれはそれで白々しい。

相手から話題を切り出してくれれば一番良いのだが、それ以前に、先方は、こちらが連絡をしたことを尋問であるというふうに受け止めているかもしれない。

だとしたら、こんな時期にあえて電話をかけたこと自体が、ぶしつけな振る舞いであった可能性もある。

てなわけで、その種の微妙な案件をかかえた相手には、よほど差し迫った用件がない限り、連絡を避けることになる。

で、月日がたつ。

例年だと、大型連休が明けた頃になってようやく結果が判明する。

そして、おお、それはなによりだったじゃないか、と、結果がどうであれ、そういう感じのどっちつかずのやりとりをすることになる。

実にもって、社会生活というのは度し難いものだ。

今回は、時事問題には触れない。

連載の原点に返って、言葉の問題を取り上げてみることにする。

つい昨日、ツイッターのタイムラインで、ある新聞記事がちょっと話題になった。

元記事を読みに行ってみると、なるほど、不用意な言葉が使われている。

今回は、軽く炎上した新聞記事の中で使われていた、粗雑な用語について書くことにする。

件の記事は、三月六日付の毎日新聞朝刊に掲載された、トランプ大統領関連の解説文だ。

《米国　狭まるトランプ包囲網　議会の疑惑追及本格化》という見出しで書かれた記事本文には、米下院司法委員会で、トランプ大統領による司法妨害、汚職、職権乱用の疑惑を調査する動きが本格化したことに加えて、いわゆるロシア疑惑をめぐる調査対象が広がりつつあることが書かれている。あわせて、先月、下院の監視・政府改革委員会が、トランプ大統領の顧問弁護士だったコーエン被告の公聴会を実施したことなども紹介されている。

なお、図版要素として「トランプ政権　疑惑追及の構図」と題した写真と解説図も付け加えられており、全体として、充実した解説記事になっている。

この記事の奇妙なところは、末尾を

《ただ、1院を支配しながら政策の代案を示さずに政権追及に終始すれば、世論の批判の矛先が民主党に向かう可能性もある。

トランプ氏は民主党の動きについて「大統領ハラスメントだ」とツイート。不満を募らせている。》

という文で締めくくっている点だ。

この部分が、いかにも「取って付けた」ようで浮いているということでもある。

あるいは、冒頭から続く記事本文のトーンが、トランプ大統領に対してあまりに辛辣な内容であることを気にして、バランスを取りに行った結果が、あの結末のパラグラフだったということだろうか。

でなければ、両論併記を旨とする新聞記者の本能として、あまりにも民主党側の主張に沿った内容ばかりを書き並べた埋め合わせに、結末部分で共和党側の言い分として「議会の多数を政争に利用するのはいかがなものか」という意見を紹介しておいた、ということなのかもしれない。

いずれにしても、ここで「代案」という言葉が出てくるのはいかにも唐突だ。なぜというに、大統領の疑惑を追及するのに、代案もへったくれもないからだ。疑惑追及は、提案ではない。

とすれば、代案は必要ないし、不可能でもある。

この件に関しては、追及をするのか、追及を断念するのかの二者択一しかない。疑惑追及の代わりに代案として米中貿易交渉の議論を深めるとか、ロシア疑惑を俎上にあげる代わりに国境の壁について討議するというのは、話のスジとしてバカげてもいれば、新聞記事として間抜けに過ぎる。

こういう記事を一読してあらためて思うのは、もしかして、文章を書く専門家であるはずの新聞記者にしてからが、脊髄反射で言葉を並べているのではなかろうかということだ。

どうして、「代案」などという、場違いな言葉が突然出てきたのかを考えると、「とりあえず、野党が政争の具として疑惑追及を騒ぎ立てている時には、与党側からの反論としてワンフレーズの罠。

3

『代案』という言葉を提示しておくのがセオリーだ」という思い込みが、記者のアタマの中にあらかじめ転がっていたと考えざるを得ない。

記事を読んで、三月六日の昼前に私はこんなツイートを書き込んだ。

《「オレの駐車場に勝手にクルマ停めるなよ」

「代案出せよ」

「代案?」

「駐車がNGなら、代わりに何を停めるべきなのかについて冷静な見解を出せってことだよ」

「あんた何言ってる?」

「代案も出さずに身勝手な苦情持ち込むなと言ってる。民主政治の大原則だぞ」

「どこの民主政治だよ」》

実際、この「代案」(最近は「対案」という言葉が使われることも多いが、意味するところは変わらない)なる言葉とそれを含んだ言い回しは、与党の政治家が、野党側からの批判を封じる際の鉄板の決まり文句として、この一〇年ほどしきりに使われてきた捨て台詞でもある。

ただ、用語には敏感であってしかるべき新聞記者が、「代案」のような副作用の大きい未整理なクリシェを、安易に使うのは、いかにもまずい。

勉強不足の三回生議員やネット上に盤踞する自称「普通の日本人」が、自分のブログの中で連呼するのならともかく、新聞記者が全国紙の朝刊の紙面上で、こんなたわけたお題目を結語に持って来て良いはずがないではないか。

そもそも、この「代案」という言葉を含むフレーズが万能の野党打擲《ちょうちゃく》棒として振り回されてきた背景には、それに先立つ長い与野党固定の停滞した時代の国会審議がある。

私が子供だった時代、「万年野党」「無責任政党」「なんでも反対党」などと呼ばれていた社会党をはじめとする昭和の時代の野党に対しては、「反対のための反対」を叫ぶだけの「オリジナルの政見も法案も持っていない形式上のカウンター政党」であるという主旨の批判が常についてまわっていた。

事実、戦争が終わってからこっちの半世紀近く、ほとんどまったく政権を奪回する可能性にすら近づくことのなかった万年野党は、与党の持ち出す法案に、脊髄反射的な「反対」の意思を表明しているだけの機械仕掛けの人形のように見えていたものだった。

「おひるごはん何にする？」

「やだ」

「やだ、じゃわからないでしょ？」

3／ワンフレーズの罠。

「やだ」

「じゃあ、おそばにする？」

「やだ」

「じゃあ、何を食べる？」

「やだ」

と、昭和の野党は、この種の頑是ない幼児と同一視されていたわけだ。

「反対だけじゃわからないでしょ？　自分が何をしたいのかを言わないと議論にならないでしょ？」と。

こんな説教が有効だと思われていたということは、それほどまでに舐められていたということでもある。

もっとも、当時の野党にしたところで、機械的に反対を叫んでいただけではない。修正案や代案をまるで出さなかったわけでもない。野党側からの政権批判の決まり文句が「腐敗」や「独裁」であった時代の、政権側からの野党に向けた反撃のフレーズが「なんでも反対」であったと、言ってみればそれだけの話でもある。

二一世紀に入って、とにもかくにも政権交代と与野党逆転が与野党双方にとって実現可能な近未来であることが判明してみると、野党批判にも、もう少し工夫した言い方が採用されることになる。

それが「代案を出せ」だったりする。

その心は「単なる反対や拒否の表明は責任ある政党が選ぶべき態度じゃないぞ」てなところにあるわけだが、基本的な議論の構造は、実のところ、昭和の時代のやりとりから、そんなに様変わりしてはいない。

つまり背景にあるのは、「なにかを提案するためには、それなりの準備と情報と頭脳と労力が必要だ。一方、誰かの提案に反対するためには反対の二文字を叫ぶだけで足りる。これはいかにも非対称じゃないか」という、昔ながらの理屈だ。

この理屈は、いまもって、有効ではある。

代案の提示抜きでの反対が無責任であるような場面は、当然あるわけだし、反対のための論陣を張るにしても「だっていやだから」だけでは足りないケースだって少なくない。

ただ、それもこれもケースバイケースだ。

どういう法案が出されていて、それについてどんな議論が展開されているのかによって、代案が不可欠な場合もあれば、不要な場合もある。

たとえば、「埼玉県立防衛軍創設」といったあたりのたわけた法案についての態度は「否

3／

ワンフレーズの罠。

決」「反対」「ばかにするな」だけで充分。代案は不要だ。

「憲法改正」にも代案は要らない。

「改正は不要だ」ということと、その理由を説明すれば足りる。

「われわれが改正案を提出しているのだから、この改正案に反対する君たちも、君たちなりの改正案を提案しないと対等な議論にならない」という理屈は、一見、まともな議論に聞こえるが実のところ杜撰な詭弁に過ぎない。

「ねえ犬を飼うのはどうかしら？」

「反対」

「代案は？」

「代案？」

「ほら、猫とか、ハムスターとか、犬でないとしたらほかに何を飼うのかについてあなたの考えを言わないときちんとした反対にならないでしょ？」

「いや、反対は反対だよ。何も飼わない」

「じゃあ、出てって」

「なんだそれ」

「あたしもあんたを飼わないことに決めた」

つまりだ。

「改正する」への当面の代案は「改正しない」以外にない。

「どういうふうに改正するのか」という話は、改正することが決まった後に検討すべき課題であって、つまり、当初の段階では「代案」は必要ないということだ。

別の例をあげるなら、「文楽への補助金を廃止する」という提案については「文楽への補助金を継続してほしい」旨を訴えれば代案としては完璧だ。

というよりも、有効な代案はこれ以外に存在しない。

「代わりに何への補助金を廃止するのか」「補助金の財源をどうやって確保するのか」という話は、また別の議論で、これについては別の場所で議論せねばならない。

話を元に戻すと、毎日新聞が記事にしたトランプ大統領の疑惑追及に際して、疑惑追及を推進している民主党の側が代案を提示する必要はまったくないし、そもそもそんなことは不可能でもある。


最後に、日本の野党の話をする。

民進党（旧）が、「平成29年通常国会（１９３国会）における民進党の法案への態度」という文書を公開している。

3／

ワンフレーズの罠。

これを見ると、第一九三国会内で成立した法案の数は六六本で、民進党はそのうちの五二本に賛成している。

約八割の法案に賛成していることになる。

また、民進党が反対した法案は一四本となっているが、その内でも八本に対しては対案・別案・修正案を提出しており、単に反対だけという意思表示をしたのは六本に過ぎない。

「野党は反対のための反対しかしていない」「野党は代案を出さない」という決めつけ自体が、かなりの部分で思い込みだということだ。

実際には、国会中継のネタとして、与野党の論戦が白熱しがちな、対立的な法案の審議が選ばれているから、常に反対する野党と強行採決を敢行する与党の絵面ばかりを目にすることになっているだけで、実際には、粛々と採決が進んでいる委員会もあれば、野党の提出した修正案に沿って議論が進んでいる場面もある。

個人的に、意味不明な提案に対しては、とりあえず反対の意思を表明するつもりでいる。意味もわからずに賛成することがもたらすリスクよりは、意味がわからないからという理由で反対することのリスクのほうが小さいだろうと考えるからだ。

どっちみちわからないにしても、だ。

（「ア・ピース・オブ・警句」二〇一九年三月八日）

敵は中国か、ウイルスか

三月にはいってからというもの、新型コロナウイルスへの対応のために混乱していない場所は、日本中どこにもない。人の集まる場所を運営する人間は、人の集まる場所を管理する人間は、突然のキャンセルや、スケジュールの練り直しや、問い合わせへの対応に追われ、集客と売上の減少に苦しんでいる。直接に顧客や観客に対峙する商売をしていなくても、ほとんどすべての日本人は、現在、新型コロナウイルスがもたらす肺炎の恐怖や、疫学的なリスクよりも、むしろ全国民的な所得と消費の冷え込みを踏まえた、経済恐慌の予感におびえている。

そんな不吉な空気が蔓延する中、よりにもよって日本の経済の命運を握る重要なコンダクターである財務大臣のとんでもない暴言が伝えられた。麻生太郎財務相兼副総理が、一〇日の参議院の財政金融委員会で述べた、以下の言葉だ。

「武漢発のウイルスの話で、新型とかついているが、『武漢ウイルス』というのが正確な名前だと思う」

ちなみに申し上げれば、ウイルスの名称については、国際ウイルス分類委員会（ＩＣＴＶ）によって「SARS-CoV-2」と決定されている（「COVID-19」は世界保健機関＝ＷＨＯ＝が命名した、このウイルスが起こす病気の症状名）。

国際機関は、特定の国名や地域名を冠した言い方を強くいましめている。現状、話題の新型ウイルスが武漢ないし中国発である根拠はない。そもそも、ウイルスの最初の発生地を特定することは、極めて困難な作業であろう。

最近、中国大使館のリリースが誤読され「中国がこのウイルスに日本と関連した名を付けようとしている」という噂が広がったことがあり、あるいはこれに反応したのだろうか。だとしたらさらに情けない。そこいらへんのスナックのとまり木にぶら下がっているオヤジが言ったのならともかく、政府の閣僚が国会で公言する言葉としては、あまりにも非常識だと申し上げねばならない。

われわれの敵は中国ではなくて、新型ウイルスだ。奇麗事だがそれが事実だ。人類共通の敵に立ち向かうべく、国際協力の枠組みづくりに勤しむべき政治家、それも副総理が、こんなことを言っているようでは、それこそ国家の信用にかかわる。

ところが、意外なことに、この驚天動地の暴言に関して、メディアの反応は鈍い。たとえば、一〇日のNHKのニュースは、一〇日の参院財政金融委員会で、G20（主要二〇ヶ国）開催の必要性を問われた麻生氏の回答を伝える中で、あくまでも追加情報として、今回の暴言を紹介するにとどめている。

本来なら、新聞や放送局をはじめとする報道機関が厳しく論評・糾弾すべき発言だと思うのだが、彼らの舌鋒は極めてなまくらだ。というよりも、扱いとしては黙殺に近い。思うに、あまりにも非常識な発言であったがゆえに、かえってメディアが追及を躊躇した可能性は否定できない。

というのも、麻生発言を炎上させて中国との関係を損ねることは、国益上、極めてよろしくない展開だし、でなくても、麻生発言そのものが、国際的な恥晒し以外のナニモノでもないからだ。

企業倒産について言われる「too big to fail＝影響が大きすぎて倒産させられない」の応用版として、「too nasty to write＝ひどすぎて記事にできない」という原則が、新たに策定されつつあるわけなのだね。いや、胸が熱い。

（「pie in the sky」二〇二〇年三月二〇日）

3

忖度は国民のお仕事です

とんでもない勢いでニュースが浪費されて行く。ニュースだけではない。われわれの生活や仕事を含めたすべての日常が、あり得ないスピードで過去になって行っている。なので、自分が何にびっくりしているのかを覚えていることさえむずかしくなっている。

四月七日から五月六日までの一ヶ月間、東京を含む七つの都府県に緊急事態宣言が出された。本当はこのことだけでも時事コラムを三つくらいは書けるはずなのだが、どうしたことなのか、あまりにも論点が多すぎて、マトモな記事を書く自信が持てない。

なので、文字数に限りのある当欄では、一点に絞った話をする。

四月七日のテレビ演説の後に設定された記者会見の中で、一人のイタリア人記者がこんな質問を発した。

「世界はほとんどロックダウンしています。安倍首相の対策は一か八かの賭けに見えます。もし、失敗した場合にはどういう風に責任を取りますか？」

この質問への安倍首相の答えを聞いて、私は椅子から落ちそうになった。

「例えば最悪の事態になった場合、私たちが責任を取ればいいというものではありません」

あまりにもとんでもない回答だった。なので、私の頭脳は、即座に、この発言を海外に向けて穏当に翻訳する検討をはじめていた。つまり「直訳」ではなくて、「行間に隠れている安倍さんの真意」を「意訳」してあげないと、日本の恥になると考えたわけだ。で、

「私自身は、辞任することが、必ずしも責任を取るための唯一の方法だとは考えていません」

と、安倍さんの言葉を、よりわかりやすい日本語に置き換えた上で、その日本語をあらためてイタリア語なり英語なりに翻訳するプランにたどりついた。いや、そうなのである。安倍さんの回答の真意は「自分は責任を取る気持ちを持っていない」だとか「この件に関して責任感を感じていない」ということではない。いくらなんでも一国のリーダーが、そこまで無能無責任ではないはずだ……という、そこのところを補ってあげないと、これは、国家というのか民族全体の恥辱になる。そう考えて、あろうことか、一介の野良国民であるに過ぎない私が、安倍さんの「真意」を「忖度」する仕事をこなしていたわけだ。しかし、あらためて考えてみるに、政治家が「誤解を招く発言」を発信したことの責任は、政治家自身が負わなければならない。為政者の失言の尻拭いを国民がすることは、本末転倒

だ。

してみると、この発言は

「アベは責任を取らない旨を明言した」

というあからさまに愚かな外電として世界中に配信されるべきだったのだろう。仮に、安倍さんの真意が「辞任だけが責任を取る唯一の方法ではない」というところにあるのだとしても、そういうマトモな言い方で自身の意図を説明できない（↑つまり、貧弱な言語能力の持ち主だということ）点も含めた上でストレートな翻訳文を伝えないと、真の意味の報道にはならない。

でもまあ、側近が「真意」を「忖度」するだけでは足りず、特段の支持者でもないいちコラムニストたるオダジマが、その安倍さんの「意図」を「意訳」した海外向けの翻訳の原案まで考えてさしあげているのだからして、たしかに、これほどまでに国民に愛されているリーダーはほかにいないということなのだろうね。すごいなあ。

（「pie in the sky」二〇二〇年四月一七日）

麻生さんを擁護してみようと思う

現今の状況下で、麻生首相について論評するのは、思いのほか困難な作業だ。というのも、率直な感想を述べると何を言っても誰かの発言の後追いになるし、かといって奇をてらった見解は自らの墓穴になるからだ。

テレビを見ていると、誰もが麻生さんをバカにしている。批判ではない。ただ嘲笑し、揶揄し、辱め、からかっているのだ。古舘、みの、安藤優子といったキャスターの面々はもちろん、こぶ平レベルの司会者から、さらには言い捨てのコメント供給業者やヒナ壇専任の木っ端芸人に至るまでの有象無象が、それも半笑いの上から目線で、だ。これは、ひどいと思う。一日テレビを見ていると不愉快になる。まあ、一日見ている方がいけないといえばいけないのだが、それにしても、あんまり無礼ではないか。一国の首相をつかまえて。

私は、麻生首相の支持者ではない。擁護する気持ちを持っているわけでもない。政治的な信条はおよそ水と油だし、そのほか、人生観や美意識についても、共感できる部分はほとんどゼロだからだ。それでも、あの言われようはあんまりだと思う。

というわけなので、当稿では、私にできる範囲で（つまり、「自分に累が及ばない範囲で」ということだが）麻生さんを擁護してみようと思う。

誰かが擁護しないといけない。結果的に擁護しきれないにしても。擁護の論陣を張るくらいなことは、誰かが試さないといけない。逆効果に終わるのだとしても。でないと、バランスが取れない。

漢字の読み間違いぐらいなことは、誰にだってある。当然だ。もちろん程度問題はあるが、それでも、仮に、誰かが人並みはずれて漢字が読めないのだとして、そんなことはたいした問題ではない。

個人的には、ネクタイの趣味が人並みはずれて悪い方が、首相としてはずっとヤバいと思う。カイフさんとか。

誰もが漢字テストで一〇〇点を取れるわけではない。九五点を取った人間の答案だって、読み損なった五点にだけ注目すれば、けっこうヤバい字を読み誤っている——そういうものなのだ。

「石竜子」（↑とかげ）をさらりと読める人間が、「山羊」を「やまひつじ」と読んだりする（↑オレだ〈笑〉）。知識というのは、そういうふうに、人それぞれで、おどろくほど偏っているものなのである。

それでも麻生攻撃はやまない。

どうしてだろう。

おそらく、ポイントは、漢字の誤読そのものにはない。

同じように、漢字を読み間違えたり、あるいは、別の場面で違うタイプの無知を露呈する機会があったのだとしても、キャラクターによっては「愛嬌」で済む。たとえ首相であっても。

たとえば、オブチさんみたいなタイプの茫洋系の風貌を持っているのか、あるいは竹下さんみたいに謙虚を絵に描いたカタチのマナーを身につけているか、でなければコイズミさんがそうであったように、あらかじめ常識という基地の外に重心を置いている（基地外ね）のであれば、なあに「踏襲」を「フシュウ」と読んだぐらいのことで、全国民に笑われるような仕儀には立ち至らない。

麻生さんが、かくまでに執拗な揶揄の対象となっているのは、彼のふだんの態度が、「漢字を読み間違えそうなおっさん」の態度とかけ離れているからだ。彼が、「偉そう」に、「いかにもモノを知ってます」っぽく、アゴを上げ気味に、もったいぶってしゃべっているそ

3／ワンフレーズの罠。

の態度が、あまりにもものの見事に「小面憎い」からこそ、何かでミスった時の失点がより劇的に見える、と、そういうわけなのだ。

麻生さんが麻生さんでなかったら、誤読後の展開もまた違ったものになる。

たとえば、オブチさんなら、そもそも誰も誤読なんか問題にしない。なにしろ、漢字を読み間違った時に浮かべるにふさわしい「えへへ」的な笑顔を、常にあらかじめ顔の表面に貼り付けている、そういうヒトだったですから、あのヒトは。だから、原稿を読み間違えても、記者の質問を取り違えても、政治資金の扱いを取り紛れてさえ、誰もオブチさんを責めなかった。言い方を変えるなら、いかにもそば屋の電話番号を間違えそうなオッサンであるという、その人徳が、彼をして宰相の座にまで登らしめたということだ。

竹下さんの場合、漢字の読みミス自体が一種持ってまわった計算なのではなかろうかと思わせる底の知れなさがあった。自ら「言語明瞭意味不明」と評する独特の表現力からすると、「踏襲」を「フシュウ」と読むのも、あるいは竹下流の韜晦《とうかい》ではなかろうか、と、記者は疑心暗鬼に陥ったはずだ。万が一「首相。それは《トウシュウ》と読みます」と、記者が指摘したとして、竹下氏は満面の笑みでこう答えたはずだ。

「さすがは天下の朝日の記者だわな。万事心得ておられて感服だわな」

こう言われては、記事にはできない。

書いたこっちがバカみたいじゃないか。

コイズミさんはどうせ「あっそう。トウシュウウって読むの。ふーん、知らなかったなあ。トウシュウサイシャラク。ラブミー・テンダー。人生いろいろ。感動した」てな調子でケムに巻く。独語独行。独立独歩。独身毒手。読み方を知ってたこっちがむしろ俗物だったんではなかろうかと、記者はうっかり反省してしまうかもしれない。

いずれにしても、あの粋がったお坊ちゃまが滑って転んでそれでも肩をそびやかして強がっているみたいなこっちのいじめ欲求を刺激してやまない麻生さんの姿とはえらい違いだ。

あるいは問題は、誤読そのものにあるのではなくて、誤読を改めずにここまで生きてきた麻生さんの生き方にあるのかもしれない。

つまり、彼が誤読を改めないのは、無知だからではなくて独善家だからなのだといったあたりの機微を、世間の人々は、なぜなのか本能的に見抜いていて、それで、かくまでに執拗な麻生攻撃を繰り返している、と。あり得る話だ。

間違った知識を修正するのは、偉い人であればあるほど難しい仕事になる。

だから、若者や平社員の無知は、本人の問題だが、管理職や老人の無知は、それをサポートする組織の問題、ひいては彼をとりまく権力構造の問題になる。

3／ワンフレーズの罠。

たとえば、漢字の読み間違いにしても、「先生、それは《フシュウ》ではありません。《トウシュウ》と読みます」と、秘書なり事務所の人間なり官僚なりといった、周辺に仕えているスタッフのうちの誰かが、麻生さんが読みを間違える度に、そう指摘してあげていれば、ずいぶんと改善されていたはずの話だ。

でなくても、演説原稿を用意する役割の人間が、誤読を招きがちな漢字にあらかじめふりがなを振っておけばそれで済んでいた問題ではある。

それが、そのような対応ができなかったのは、おそらく、麻生さんが、扱いにくいボスであったからだ。

暴君とイエスマン。昔から、王をギロチン台に誘うのは同じプロットだった。

ボスが暴君であった場合、部下にとって、漢字の読み間違いを指摘することは、ほとんど切腹覚悟の直言に近い大仕事になる。なんとなれば、暴君タイプの上司は、部下に間違いを指摘されると、非常に典型的な逆ギレをするからだ。私はこういうヒトを何人か知っている。彼らは、自分の無知を認めることができない。特に部下の前では。絶対に。なんとなれば、暴君の城壁は「無謬性」というフィクションで固められているからだ。

「なに？　トウシュウ？　……わかっとる！　で、お前は何様だ？　秘書じゃないのか？

秘書というのは、議員に知識を下げ渡す立場の人間なのか？　それともナニか、貴様はオレに教訓を垂れているつもりなのか？　あ？」

「黙ってちゃわからん。何か言ってみろよ、漢字博士」

「おい、誰かここに立っている大先生を出口に案内して差し上げろ」

「言っておけ。二度と麻生の前に顔を見せるな、とな」

ルビ付きの原稿も、無駄にプライドの高いボスに対して差し出せるものではない。読める字にルビがあったりすると、暴君は、それだけでアタマに来てしまう人格の持ち主だから。

「おい、《怪我》に《ケガ》とルビを振ったのは誰だ？」

「オレが《カイガ》と読むと、そう思ったのか？」

「オレをバカにするのか？」

「てめえら東大出は、東大を出てない人間はケガも読めないと、そういうふうに判断してるのか？」

というわけで、こういうボスの下にはイエスマンばかりが集うことになる。過去に一度でも直言をした人間は、どこかにトバされていて、もうそばにはいないから。

というわけで、擁護は失敗気味ですね。

ごめんなさい麻生さん。お役に立てませんでした。

大丈夫。首相の任から離れて、元の「小派閥のボス」ぐらいな位置に戻れば、「小気味の良い」「ワサビの効いた」麻生節として、復活ですよ。そっちの方が居心地が良いでしょうし。コラムニストと同じ。やはり野に置け大麻草。そういうことです。

オレだってたとえば大新聞の社説を書かされたらどうせ非難囂々《ごうごう》で三日も持たないんだろうから。

（「ソフトバンク」二〇〇八年一二月一六日）

4

がんばれ、記者諸君。

無視できない一部国民のメディア観

「マスゴミ」という言葉がある。

「マスコミのゴミ野郎」あるいは「ゴミみたいなマスコミ企業」くらいな語呂合わせから来た蔑称で、意味するところは、「ウソばかりのマスコミ報道」「夜郎自大のメディア貴族」「カネ目当てでフレームアップをやらかすゴミ記者」「電波利権にあぐらをかいて我が世の春を謳歌する合コン番長のいけ好かないテレビ業界人」「サヨクに偏向した反日ジャーナリストの巣窟」「社会の木鐸《ぼくたく》気取りで庶民に説教を食らわせている社説文化人先生」といったあたりにある。

言いがかりといえばあまりにも粗雑な言いがかりだし、悪質な職業差別ですらある。とはいえ「マスゴミ」なる用語にこめられているニュアンスの当否はともかく、この安易であるがゆえにキャッチーな罵倒語が、インターネット上の各種コミュニティーで、盛大に共有されている事実は、軽く見て良いことではない。

がんばれ、記者諸君。

4

「マスゴミ」は、日本語によるインターネットが動きはじめた一九九五年頃には既に登場していた言葉だった。私の記憶では、当時、ネット上の個人ホームページや掲示板の片隅で、目新しいジャーゴンとして流通していた。それが、二〇〇〇年代には、ネトウヨと呼ばれる人々の合言葉になり、現在では左右を問わないより広範な人々の間で使われるごく一般的なネット用語に成長している。

ひきくらべて、昭和の日本人にとっては常識であった、新聞が社会の木鐸であるという認識や、権力を監視する装置である報道機関が民主主義の健全さを担保するために不可欠な存在であるという建前は、見事なばかりに退潮している。これらの「常識」は、二一世紀の若者たちにとって、たぶん笑い話だ。

「木鐸ってか（笑）」

「なんだそれ。木魚みたいなもんか？」

「出たー、権力監視戦隊マスゴミジャー」

「まったく何様のつもりなんだか」

「昭和のやっすいヒーロー物設定をどこまで引っ張るつもりなんだ？」

私は、あからさまなメディア介入を繰り返す現政権の強気さの背景には、テレビ視聴者や新聞読者（というよりも実態としては、「非読者」＝「無料新聞ｗｅｂサイト閲覧者」）

の間に広がるメディア不信の存在があると考えている。どういうことなのかというと、安倍首相ならびにその周辺にいる人々は、「マスコミをマスゴミと呼ぶ視聴者層」が、首相のフェイスブックページや、J－NSC（自民党ネットサポーターズクラブ）のホームページに寄せる、メディア罵倒の書き込みに背中を押される形で、報道への圧力を強めているということだ。

政府関係者とて、「国民の支持を受けている」という感触無しには、あそこまでの露骨なメディア介入はできない。その意味で、マスコミ不信の言説を大声で繰り返すネット民の存在は、あれはあれでバカにできない存在なのである。

「マスコミをマスゴミと呼ぶ人たち」が、具体的な実数として何万人棲息していて、その彼らによって粘り強く書き込まれているメディア敵視の言説が、どれほどの影響力を発揮しているのかは、実は、正確にはわからない。

しかしながら、その、実数のつかめない、匿名の、正体不明の、顔の見えないアジテーターである彼らが、現政権の対メディア政策に一定の影響を与えていることは事実であるわけで、とすれば、「マスゴミ」という言葉を、単なる品の無い捨て台詞として無視し去るのは得策ではない。

「マスゴミ」という言葉を使う人たちが、どうしてその言葉を繰り返すのか、また、その

がんばれ、
記者諸君。

4

言葉を使った書き込みが、一定の支持を集めている理由が那辺にあるのかといったあたりについて、きちんとした分析をせねばならない。彼らをバカにしてはいけない。昔から、メディアに限らず、大きな敵と闘う者は、闘いのある段階で、自分たちがバカにしている存在に足を掬われることになっている。その意味で、「マスゴミ」という子供っぽい罵言を黙殺するのは適切な態度ではない。

一一月に放送倫理・番組向上機構（ＢＰＯ）が発表した意見書をめぐるやりとりは、大変にスリリングだった。

振り返ってみよう。

意見書は、「おわりに」とした最終的なまとめの部分で、こう言っている。

《放送による表現の自由は憲法第21条によって保障され、放送法は、さらに「放送の不偏不党、真実及び自律を保障することによつて、放送による表現の自由を確保すること。」（第1条2号）という原則を定めている。

しばしば誤解されるところであるが、ここに言う「放送の不偏不党」「真実」や「自律」は、放送事業者や番組制作者に課せられた「義務」ではない。これらの原則を守るよう求められているのは、政府などの公権力である。放送は電波を使用し、電波の公平且つ能率的な利用を確保するためには政府による調整が避けられない。そのため、電波法は政府に放送免許付与権限や監督権限を与えているが、これらの権限は、ともすれば放送の内容に対する政府の干渉のために濫用されかねない。そこで、放送法第1条2号は、その時々の政府がその政治的な立場から放送に介入することを防ぐために「放送の不偏不党」を保障し、また、時の政府などが「真実」を曲げるよう圧力をかけるのを封じるために「真実」を保障し、さらに、政府などによる放送内容への規制や干渉を排除するための「自律」を保障しているのである。これは、放送法第1条2号が、これらの手段を「保障することによつて」、「放送による表現の自由を確保すること」という目的を達成するとしていることからも明らかである。》(「【NHK総合テレビ『クローズアップ現代』〝出家詐欺〟報道に関する意見】放送倫理・番組向上機構〔BPO〕二〇一五(平成二七)年一一月六日　放送倫理検証委員会決定　第23号」より)

明快かつ果断な言明である。

というよりも、「しばしば誤解されるところであるが」「……ことからも明らかである」といったあたりの文体からは、不勉強な学生に学問の基礎以前の常識を教え諭さねばならない教授のいら立ちに似た感慨が漏れ出ている。それほどに、この文章を書き起こした書き手は、放送法の本来あるべき主旨を強く訴えたかったということなのだろう。

ところが、「いいかねキミたち、これは基礎の基礎なんだが、大切な基礎なので、もう一度繰り返しておく」という感じで申し述べられたこの渾身の意見書に対して、安倍首相は、国会答弁の場であっさりと反論している。

《「これは単なる倫理規定ではなくて法規であって、その法規に違反をしているのであるから、これは担当の官庁としては法にのっとって対応するのは当然のこと」「国会においてＮＨＫの予算を我々は、果たして正しく使われているか（中略）議論して、予算を国家において承認していく」「その責任がある国会議員が果たして事実を曲げているかどうかについて議論するということは、至極当然」》（いずれも二〇一五年一一月一〇日衆院予算委議事録より）

反論とはいうものの、議論の前提部分が噛み合っていない。安倍首相の主張を敷衍《ふえん》すると、放送局の「不偏不党」「真実」「自律」を判定するのは、（公共放送の場合）放送局の予算の承認者である国会議員だというお話になる。しかも、放送法に違反した放送局に対しては、「官庁としては法にのっとって対応するのは当然」だと言っている。してみると、放送内容が「国会」の審議対象になり、その場で「真実」性なり、「不偏不党」性なり、「自律」性なりを疑われた放送局は「官庁」の管理下に入ることになるわけで、これは、放送内容の国家によるコントロール以外のナニモノでもない。

そんなわけで首相の答弁は、いくつかの新聞記事で再反論され、社説で論駁され、さらに、一二日に、ＢＰＯの川端和治《よしはる》委員長による再反論を招いている。

一二日の朝日新聞のインタビューで、川端委員長は以下のように述べている。

《自民党の事情聴取について安倍首相が「（ＮＨＫの）予算を国会で承認する国会議員が事実を議論するのは当然」と反論したことには、「私がコメントする問題ではない」としつつも、「番組の内容によって予算変えるんですかね」と皮肉った。さらに、政府・自民党が介入する場合の問題点を「放送の現場の意欲をそぎ、萎縮させてしまう」と改めて主張した。》（二〇一五年一一月一三日付「朝日新聞朝刊」より）

一連のやりとりを普通に読めば、理がＢＰＯの側にあることは、明らかだ。私の目には、安倍首相が、余計な強弁をして墓穴を掘ったようにしか見えない。

とはいえ、この件をきっかけとして安倍内閣の支持率が低下したのかというと、そんなことはない。というよりも、この件は、一般国民の関心の外にあった。つまり、ほとんど誰も注目しなかった。

無論、安倍政権の対メディア政策の強引さに危機感を募らせている人々も一定数いることはいるが、安倍政権の対メディア政策に快哉を叫んでいる人々も、私の見た感じでは、同数ぐらいはいそうな感じで、だからこそ、この問題は、政府にとって、いまのところ、得点にこそカウントされていないものの、失点にはなっていないのである。

ここで重要なのは、マスコミを「権力者」として敵視している人々が一定数いるという事実だ。その、少数ではあるがひときわ声の大きい人々の支持が、現在進行中の言論抑圧の危機を過小に見せかける上で大いに役立っている。

「マスゴミ」敵視がネット内で成長した原因の一部は、インターネットという媒体が、そもそもマスメディアに対するカウンターとして出発した経緯から来ている部分がある。またネット黎明期に、既存のマスコミがネット言論に対して揶揄的であったこともたぶんに関係している。

しかしながら、最大の原因は、大手メディア企業の社員である「ジャーナリスト」が、就活戦線の勝利者であり、合コン番長であり、年収一〇〇〇万を超える給与長者であるというミもフタもない事実のうちにある。

つまり、大手メディア企業の正社員であるマスコミ人は、権力者であり、既得権益者であり、貴族であり、特権階級であり、もはや、到底庶民の味方だとは思ってもらえない人々になってしまっているということだ。

橋下徹前大阪市長が、テレビ局の人間や新聞記者を名指しでつるしあげる度に、ネット内で喝采が起こったのは、市長が弱い者いじめをしたからではない。既得権益者を懲らしめていると思われたからこそ、彼のメディア攻撃は支持を集めたのである。ということは、新聞やテレビがもう一度庶民のヒーローになるためには、彼ら自身が、庶民に身を落とすミソギが不可欠なのかもしれない。

で、私の見るに、その流れは、幸か不幸か、着々と実現しつつある。

（「新聞研究」二〇一六年二月号）

4

忖度と揚げ足取りで日本は回る

今村雅弘復興相が辞任した。

この四月の二五日に、東日本大震災について「東北で良かった」などと発言したことの責任を取った形だ。後任には衆議院の東日本大震災復興特別委員長で、環境副大臣などを務めた自民党の吉野正芳氏が指名されている。

当然の判断だと思う。

ただ、辞任の経緯には、釈然としないものを感じている。

以下、説明する。

辞任の直接のきっかけとなった二五日の発言が、無神経かつ粗雑な言葉だったことは間違いない。多くの人が既に指摘している通りだ。

とはいえ、大臣を擁護する意味で言うのではないが、今村氏の発言の真意は、「地震が東北で起こったことはめでたいことだった」「東北が地震被害でめちゃめちゃになったことは歓迎すべき事態である」というところにはない。

彼が本当に言いたかったのは「首都圏で同じ規模の地震が起こったらもっとひどい被害が出る」「われわれは東北での被害を教訓として、いずれやってくるであろう大都市の地震に備えなければならない」ということだったはずだ。

講演の全文を読めば、今村氏の真意が東北の地震被害を寿ぐところにはないということは誰にでもわかる。

とすれば、今回の不適切発言は、前回の「(自主避難は)本人の責任だ」「訴訟でもなんでも起こせば良い」という暴言の悪辣さに比べれば、ずっと罪は軽いのではなかろうか。

少なくとも私自身はそう思っている。

もっとも、既に一枚イエローカードを貰っている状況下で、失言に失言を重ねた結果が今回の辞任であったことを考慮すれば、レッドカードが出たことそのものは当然の帰結だ。私は、そのこと自体に不満を述べているのではない。

私が納得できずにいるのは、むしろ、「前回の失言(および記者会見の一方的な中断という暴挙、ならびに東電株を八〇〇〇株も所有していたという、そもそもの前提の部分にあった利益相反の不適格さ)の折に、すっぱりと辞任していなかったこと」だと言って良い。

がんばれ、
記者諸君。

4

私の目には、不適格な大臣を任命権者のメンツのために延命していたことが、今回のみっともない辞任劇を招いたように見えるのだ。

では、どうして前回の自主避難している被災者を直接に誹謗した暴言がセーフで、今回の言葉足らずの失言がアウトと判断されたのだろうか。

もちろん、大前提として累犯ということはある。

いくらなんでもこんな頻度で暴言を繰り返していたら、つながるクビもつながらない。当然だ。

とはいえ、起こった事実に即して事態を見直してみると、前回の暴言がセーフだったのは、記者会見の席で発された言葉だったからで、今回の失言が即座にアウトと判断されたのは、首相が同席する派閥のパーティーの中で繰り出された言葉であったからであるように見える。

要するに、今村氏は、被災地の人々の感情を踏みにじったことよりも、むしろ、首相の顔をツブした罪によって更迭されたのである。

真意を読み取れない人たちの反論がやってきそうなので、もう一度補足しておくが、私は、「東北で良かった」発言を擁護したくてこんな話をしているのではない。

真意がどうであれ、ああいう言葉の使いかたしかできなかった時点で政治家としては失格だし、まして到底大臣の重責を担える人間ではないことははっきりしている。

ただ、問題はそこではない。私が強調したいのは「被災者の感情を踏みにじる発言はセーフでも、首相の体面を損なう発言はアウト」であるような、現政権の任免の基準が、既に独裁国家の恐怖人事の水準に到達しているということだ。

こんな基準で人事権を振り回されたのでは、党内は萎縮せざるを得ないではないか。


もうひとつ気になることがある。

今村氏の更迭を受けた二階俊博自民党幹事長の発言だ。

二階氏は、「人の頭をたたいて、血を出したっていう話じゃない。言葉の誤解があった場合、いちいち首を取るまで張り切っていかなくてもいいんじゃないか」と言っている。

「人の頭をたたいて、血を出した」とは、これまた恐ろしく無神経なもののたとえで、もしかしたら、今村大臣の言葉の使い方の粗雑さは、所属派閥の領袖である二階さんゆずりの芸風なんではなかろうかとすら思えるのだが、そのことはとりあえず措く。

ここでは、幹事長の事実誤認を指摘しておきたい。

幹事長は、今村大臣が「首を取られた」のは、誰かが「張り切った」からだというふうに事態を分析しておられる。

とすると、その誰かとは誰だろうか。

首相だろうか？

まさか。

とすると、マスコミだろうか？

おそらくそう思っているのだろう。

というのも、「人の頭を……」のすぐ後に、二階さんはこう言っているからだ。

《―略― 政治家の話をマスコミが余すところなく記録をとって、一行悪いところがあったら『すぐ首を取れ』と。何ちゅうことか。それの方（マスコミ）の首、取った方がいいぐらい。そんな人は初めから排除して、入れないようにしなきゃダメ ―略―》（二〇一七年四月二六日一三時三九分「朝日新聞デジタル」より）

実にバカな発言だ。

個人的には、私は、今村大臣の二五日の不用意な言葉よりも、その翌日に二階幹事長が言ってのけた、この明らかな報道威圧発言の方がはるかに悪質だと思っている。

なにしろ、政権与党の幹事長が、「マスコミの首を取った方が良い」「そんな人ははじめから排除して入れないようにしなきゃダメだ」と言ったのである。これが報道の自由への圧力でなくて何だというのだろうか。

ところが、この発言を、「クビを取った方が良い」「排除しなきゃダメだ」と言われた当の相手であるマスコミが、たいして問題にしていない。

というよりも、言われっぱなしで黙り込んでいる。

軽量の復興大臣の言葉の言い間違いは揚げ足を取って辞任に追い込むくせに、幹事長の恫喝発言は見てみぬふりで済まそうというのだろうか。

いったいどこまで腰抜けなんだろうか。

二階幹事長が、自分の派閥の子分にあたる大臣の辞任劇に不満を抱いた気持ちはわからないでもない。

彼の目から見れば、今村大臣はマスコミによる「揚げ足取り」の犠牲者に見えたのだろう。

しかし、だからといって、特定の記者を取材の現場から締め出すことを幹事長という立場の人間がメディアに向けて明言して良いはずがない。

この発言は、その「真意」からすれば、今村大臣の失言よりも数層倍凶悪な意図をはらんでいる。

なのに、メディアは問題にしない。

なぜだろうか。

突飛な思いつきだと言われるだろうが、私は、先日来話題になっている官僚の「忖度」と、今回の辞任劇の陰の主題に見える「揚げ足取り」は、実は、同じひとつの現象の別の局面に過ぎないのではなかろうかと思いはじめている。

別の言い方をすれば、「忖度」と「揚げ足取り」は、一対の相互補完的なしぐさなのであって、役人が「忖度」を仕事の中心にしていることと、マスコミが「揚げ足取り」を政治報道の柱に据えていることは、実は同じ現象の別の側面である気がするのだ。

わが国の国語教育の現場では、表現力を磨くことや、説明能力を育むことよりも、とにかく読解力を高めることばかりが求められている。

この傾向は、実は、就活戦線にも影響していて、新卒の学生たちは、自己を表現することそのものよりも、「場の空気を読む」タイプの受け身のコミュ力を期待されている。で、就活生たちは、無慈悲な産業社会の要求に応えるべく、今日も喪服みたいな格好で焼香に似た就職活動を続行している。

これらのことは、うちの国の職業社会が、

「魚心あれば水心」

「以心伝心」

「一を聞いて十を知る」

4

がんばれ、
記者諸君。

るからでもある。

「ツーと言えばカー」

「阿吽の呼吸」

といった感じの、ほとんどテレパシーに近いイワシの群泳みたいな動作原理で動いているからでもある。

われわれは、言語として明示されない空気みたいなもので意思疎通をはかっている。

だからこそ、不用意な言葉を使った人間は罰を受けねばならない。

つまり、むき出しの言葉を使う人間は、コミュニケーション能力の低い人間で、本当の達人は言葉なんか使わないでも自分の意思を伝えることができるみたいな、「不射之射」じみた謎のコミュニケーション信仰がわれわれを害しているのである。

現代の日本でとりわけコミュニケーション能力が重視される傾向は、われわれが民族的にも文化的にも言語環境の上でも、極めて同質性の高い社会を形成していることと、もうひとつは、近年、産業構造が高度化した結果、ほとんどすべての被雇用者の業務が、人間を相手にするサービス業に近い仕事にシフトしていることに関連している。

われわれは、コミュ力の低い人間を障害者として分類せざるを得ない社会で暮らしている。

二一世紀の日本人は、一方ではお客様や上司の隠された意図を忖度することを求められ、他方では、モンスタークレーマーやパワハラ上司に揚げ足を取られないように身構えなくてはならないわけで、ということは、言語運用に関して異様なばかりに慎重に構えざるを得ない。

かくして、われわれは、日本語という「ニュアンス豊かな」というよりも、「場面によってどうにでも響く曖昧な」言語の曖昧さの中に責任や権限を融解させる気持ちの悪い社会を完成させるに至ったわけだ。

このお話は、私がいまこの原稿を書きながら思いついた仮説に過ぎない。

なので、アタマから本気にしてくれなくてもかまわない。

ただ、森友学園をめぐる一連の答弁や、今村大臣の度重なる失言に関するご都合主義の報道を眺めながら、私がこの三ヶ月ほどの間、あれやこれやで感じているのは、この国の社会が、結局は、トカゲの尻尾でできているということで、だからこそ、その誰がトカゲの頭で、誰がトカゲの尻尾なのかを決するために「言葉」が利用されているのではなかろうかという疑いを捨てることができないのだ。

どういうことなのかというと、私は、二一世紀の日本で「忖度」や「揚げ足取り」が横行しているのは、われわれの社会が「言葉」を軽んじているからだと思いはじめているということだ。

4

がんばれ、
記者諸君。

言葉が言葉としての本来の意味を喪失しているからこそ、われわれは、その「真意」を「忖度」して職務権限の遂行に協力したり、その「揚げ足を取る」ことで責任を追及せねばならなくなっている。

言葉は、固有の意味を持っている。普通はそういうことになっている。

ところが、うちの国の組織の中では、言葉はしかるべき「文脈」に照らし合わせないと意味を発揮することができない。

だからこそ、現場の人間は、「言葉」でしくじる。

というのも、「言葉」は「責任」を伴っているからで、その扱いを誤った人間は、当然のことながら、「言葉」に殉じなければならないからだ。

一方、権力者は、直接には「言葉」を発しない。

なぜかといえば、腐敗した社会の権力者は「権限」は行使しても「責任」は取らないからで、そのためには、「言葉」を介さない暗黙の示唆に徹することが一番安全だからだ。

彼らは、目配せ（党内には「二階から目配せ」「二階から鼻薬」ということわざがあったのだそうですよ）だけで指示を完了することができる。

あとは、現場の人間が、その目配せや鼻薬や腹芸や口裏を「忖度」して、実質的な「指示」に翻訳する。

と、作業の責任は、どこに求められるだろうか。

指示をしたボスだろうか?

違う。

忖度システムの中では、何らかの不都合が生じた場合、ボスの目配せを「忖度」して「指示」に翻訳した現場の人間が責任を負うことになっている。

一方、「揚げ足取り」が横行する報道の現場では、「真意」の凶悪さより、「言語運用の稚拙さ」の方がより大きな記事スペースを獲得し、大きな罪として断罪されることになっている。

なんとばかばかしい話ではないか。

とはいえ、この私たちのばかばかしい社会は、われわれが言葉を軽んじた結果として生じているものでもある。

それがいやだというのなら、この不愉快な世の中を少しでも改善するべく、われわれ自身が、言葉に対して誠実に向かう努力をはじめなければならない。

で、提案だが、言葉の復興のために、まずコラムニストを優遇するところからはじめるというのはどうだろうか。


(「ア・ピース・オブ・警句」二〇一七年四月二八日)

がんばれ、記者諸君。

4

「シルバー民主主義」の注意点

今回は、先週に引き続き高齢者の話をする。

一行目を読んで退屈だと思った人は、別の記事に進まれるのがよろしかろう。そのほうが、お互いに無駄な時間を使わなくて済む。

人生の時間は有限だ。

大切なのは何をするかではなく、何をしないかであり、より実効的な指針は、どこかにあるかもしれない有意義な文章を探しに行くことではなく、目の前にある無駄なテキストを読まないことだ。

では、ごきげんよう。

「シルバー民主主義」という言葉をはじめて聞いたのは、五年ほど前のことだったろうか。初出のタイミングについて、私は、正確なところを知らないのだが、ともあれ、この言葉が、数年前までは、わりと単純に「高齢者の政治的発言力が高まる傾向」といったほどの意味で使われていたことは、なんとなく記憶している。

背景となっていた理屈は、人口構成に占める高齢者の割合が高まりつつある流れを反映して、選挙や世論調査において、高齢者の影響力が高まりつつあり、ために、現実の政治においても高齢者向けの施策が優先されがちになっているといったようなお話だった。

この傾向は、現在でも変わっていない。

より顕著になってきているかもしれない。

選挙では、ただでさえ人口の多い高齢者が、投票率においても若年層を圧倒しているために、その発言力はより大きくなる。

で、政治家は高齢者の票を強く意識するようになり、テレビメディアもまた、在宅率が高くテレビ視聴時間の長い高齢層に焦点を当てた番組づくりに注力している。

最近、気になっているのは、この「シルバー民主主義」という用語が、言われはじめた当初と比べて、よりネガティブなニュアンスで使用されていることだ。

どういうことなのかというと、「シルバー民主主義」には、

「老害」

「頑迷で考えの浅い老人たちが政治を壟断《ろうだん》している」

4

がんばれ、記者諸君。

「無駄なノスタルジーに浸る団塊の連中が例によって奇妙な影響力を発揮しようとしている」

「テレビばっかり見ているじいさんばあさんが日本の政治を停滞させている」

「ヒマな老人って、やたら選挙に行くんだよね」

「っていうか、あの人たち政治だの揉め事だのが大好きだから」

「きっと無知な分だけ声がデカいんだろうな」

という感じの行間の叫びみたいなものが含まれはじめているということだ。

昨今のネット論壇の文脈では、「シルバー民主主義」なるフレーズは、「衆愚政治」「商業主義マスコミ」「スキャンダリズム報道」「センセーショナリズム」「出歯亀ワイド」「メディアスクラム」といったあたりの言葉と同じテーブルに並ぶことになっている。で、それらをひっくるめた全体的な流れとして、「スポンサーのカネに目がくらんだ邪悪なマスコミが、蒙昧な大衆を煽動して不穏な政治的偏向を助長している」くらいな論調を形成するわけだ。

総人口の中に高齢者が占める割合が増えていることはまぎれもない事実だ。

この傾向が、引き続き今後も持続するであろうこともほぼ間違いない。

当然の帰結として、政治なり経済なりマスコミなりの想定ターゲットが高齢者にシフトすることもまた、わかりきった話だ。

とはいえ、だからといって、そのことをもって単純に政治や文化が劣化すると断じて良いものではないはずだ。

ここのところで安易な短絡をやらかしたら、ここから先の議論が、まるごと凶悪なアジテーションに収束してしまう。

むしろ警戒せねばならないのは、若年層と中高年層の間に無理やりに線を引っぱって分断をはかろうとする人々の論法なのであって、私が個人的にこの五年ほど懸念を抱いているのも、必要のない場所でやたらと世代論を持ち出す論者の語り口であったりする。

であるからして、私の中では、「シルバー民主主義」は、「老害」と同じく、要警戒なワードとして分類してある。

誰かの文章の中に、この言葉を見つけたら、私は、以降、警戒モードで文章を読み進めることにしている。

そうしない時は、その場でウィンドウを閉じる。

大切なのは、有意義な文章を読むことより、悪影響をもたらすテキストを排除することだからだ。

二つほど、実例を紹介する。

4

がんばれ、記者諸君。

ひとつめは、七月二四日に配信された山本一郎という個人投資家・作家による「年寄り民主主義とテレビ番組に反政府を煽られて勝敗が決した仙台市長選」というタイトルの記事だ。

記事の中で、山本氏は「シルバー民主主義」という言葉をあえて使わず、代わりに「年寄り民主主義」というより侮蔑的に響くフレーズを採用している。

《民進党と社民党の支持、共産党と自由党の支援を受けた野党統一候補である郡和子女史の当選については、幅広い支持というよりは50代以上女性からの厚い支持とそこまで高くはならなかった投票率によって当選に漕ぎ着けた印象で、反安倍現象以上に「シルバーデモクラシー」と呼ばれる年寄り民主主義の到来のように見えます。》

と、山本氏は書いている。

「年寄り民主主義の到来」という言い方をしていることでもわかる通り、山本氏は、「年寄り民主主義」を、ほぼ「衆愚政治」と同じニュアンスで使っている。

「年寄り民主主義」は、民主主義そのものの老化ないしは劣化の行き着く果てとして、われわれの社会に「到来」しつつあるもので、おそらく、彼の見立てでは、一種の災厄てなことになるのだろう。

細かいところを見ていくと、この原稿の中で引用されている最初のグラフは、《各社出口調査から推定される年代別投票率の推計》ということになっているのだが、「各社」が具体的にどの会社とどの会社を指しているのかも明示されていない。「推計」が誰によってどのように為されたのかについても説明がない。次の《仙台市長選の各社平均の速報値(暫定)。安倍政権支持率と得票がやや連動している》とキャプションがつけられているグラフの、「各社」も同様だ。

《一方、仙台市長選のグループインタビューにおいてはサンプル数が少ないながらも郡和子女史に投票した中高年女性の53%ほどが「特に(郡女史を)支持していない」「郡女史の政策を知らない」と回答しています。》として引用されている、「グループインタビュー」が、誰によってどういうサンプル数で、いつ実施されたものであるのかについても、まったく説明がない。

記事の中で数字として示されている、かに見えるエビデンスやファクトに、ソースとして示して欲しい部分が欠けているのは、論客の山本氏にしては残念なところだが、もっと気になるのは、無造作に使われている「反政府」という言葉の不穏さだ。

タイトルからして「年寄り民主主義とテレビ番組に反政府を煽られて勝敗が決した仙台市長選」と、テレビが「反政府」を煽っているかのごとき前提で書かれている。

では、テレビは、「反政府」を煽っているのだろうか。

私はそうは思わない。

七月にはいってからこっち、朝昼の情報ワイド番組が、政権の疑惑についての報道を連日繰り返していることは事実だ。

が、テレビ局のスタッフは、「反政府」を煽るためにその種のニュースをヘビーローテーションしているのではない。

おそらくは、単に数字の取れる話題を重点的に追いかけているに過ぎない。

この傾向を「反政府」という言葉で説明する態度は、それこそ、昨今流行している言葉で言えば、悪質な印象操作になろうかと思う。

でなくても、あまりにもばかげている。

政権の疑惑を報じることと、反政府を煽ることは同じではない。

「反政府」という用語ないしは接頭語は、「反政府ゲリラ」「反政府一斉蜂起」という多少とも暴力的な要素を含む文脈で使われる言葉で、テレビ番組の編集方針や特定の候補に票を投じた市民の政治的傾向を描写する場面で不用意に使って良いものではない。

記事の中で、山本氏が指摘している通り、民進党と社民党の支持、共産党と自由党の支援を受けた野党統一候補である郡和子氏に投票した人々の中に、安倍政権を支持しない層の市民が多かったことは事実だと思う。

とはいえ、「安倍政権を支持しない」ということを、「反政府」という言葉でくるのは、当たり前の話だが、適切な用語法ではない。

まあ、ここは、「反日」という言葉を使わなかっただけでも上等だったのだろうが、その点はともかく、テレビが政権の打倒を煽ったから、それに乗せられた老人層が極端な投票行動に走ったみたいな分析の仕方は、あまりにも有権者を愚弄したものの見方である点は指摘しておく。

がんばれ、記者諸君。

4

二つめの実例は、七月二二日にアゴラというサイトに掲載された《マスコミを極左化させる「文学部バイアス」》というタイトルの記事だ。

この記事の中でも、シルバー民主主義とテレビメディアの蜜月が指摘されている。

筆者の池田信夫氏は、記事の中で「ワイドショーに登場するコメンテーターが極左化する」理由として、三つの理由を挙げている。そのうちの一つ目が

《第一はマーケティングだ。テレビの主要な視聴者である老人は、ちょっと前までは戦争の記憶があり、特に戦争から生還した世代には「押しつけ憲法」に対する反感が強かったが、そういう世代はいなくなり、団塊の世代が主要な客になった。彼らは子供のころ「平和憲法」の教育を受けたので、ガラパゴス平和主義になじみやすい。》

ということになっている。

「ガラパゴス平和主義」というのは、たぶん池田氏の造語で、「世界の現状から取り残された日本国内でだけ通用する自閉的で幻想的な平和主義」といったほどの意味だと思うのだが、いずれにせよ、テレビの主要な視聴者層を「老人」と決めつけていることからも、彼が「テレビ漬けの老人たち」のアタマの中身をあまり高く評価していないことはたしかだと思う。

この論考の中では、「文学部バイアス」という言葉がなかなか印象深い。意味するところは以下のとおりだ。

《第二は業界のバイアスだ。マスコミに入る学生は超エリートではなく、役所に入れる法学部や銀行に入れる経済学部には、マスコミ志望は少ない（私のころ東大経済学部からNHKに入る学生は、2年に1人ぐらいだった）。多いのは普通の会社に就職できない文学部卒で、法学部エリートに対する左翼的ルサンチマンがある。現場を離れると、正直になるのかもしれない。》

どうやら、池田信夫氏は、マスコミに就職する文学部出身の人間たちが、役所や銀行に行った法学部や経済学部の学生たちに「左翼的ルサンチマン」を抱いていて、その気持ちが、「文学部バイアス」として、反体制な報道を呼び寄せると考えているらしい。

なんだかめまいがしてくるようなお話だ。

特に論評はしない。各自、自己責任でくらくらしてください。


がんばれ、記者諸君。

4

テレビ番組を「反政府」と呼ぶことが適切であるのかどうかはともかく、この一ヶ月ほど、民放各局の報道・情報番組のタイムテーブルの中で、政権に対して批判的な内容を含むニュースの割合が増えたことは、山本、池田両氏が指摘している通り、明らかな事実だ。テレビの主たる視聴者層が高齢者であり、一日の中で最も長時間テレビを見ている人々が高齢者層であることもまた彼らが指摘している通りだ。

ということは、言葉の使い方はともかくとして、彼らの論旨が的を射ているではないか、という見方も成立するとは思う。

私は、この種の議論を展開する際には、因果関係を慎重に見極めなければならないと考えている。

つまり、テレビが政権にとってダメージになる情報を積極的に流すようになったから、有権者がそのテレビ報道に煽られて、反政権的な気持ちを強く抱くようになって、その結果、与党が選挙で負けるようになったというふうに考えるべきなのか、逆に、そもそも視聴者の中に政権に対して不信感を抱く人々が増えたから、政権の疑惑を追及する番組企画の視聴率が上がって、その高視聴率に対応してテレビがその種の企画を連発するようになり、一方選挙では、有権者の政権への不信感を反映して、与党が敗北する結果があらわれるようになったと見るべきなのか。

どちらが正しいのかは正直言って分からない。

分かるのは、これは、簡単には決められないということだけだ。

最後に産経新聞とFNNが合同で実施した世論調査の結果を見てみよう。

これを見ると、全体として、安倍政権の支持率は、高齢者になるほど低い。

しかしながら、五月から七月に至る推移を見ると、最も大きく支持率を減らしているのは一〇代~二〇代の女性であり（七〇・六％→三三・八％。同年代の男性は七〇・八％→四四・四％）、数字として最も低い支持率を記録しているのは、四〇代、五〇代の女性だ（二九・四％、二七・八％）。

この結果を見る限り、テレビに影響されて反政府に翻った人々がいるのだとしたら、それは高齢者であるよりは、むしろそれ以外の層だということになる。

というのも、高齢者層の政権支持率は、テレビが政権批判報道の比率を高める前の五月から、すでに平均より低かったからだ（同様に五月と七月で比較すると、六〇代以上の男がんばれ、記者諸君。

4

性は五六・六％→三〇・三％、女性は四二・九％→三〇・一％、全体平均は男性で六〇・三％→三八・六％、女性で五二・一％→三一・〇％）。

数字の読み方は、こちらの読み方次第で、ある程度どうにでもなるものだ。

なので、私は、特定の社の世論調査の結果を見て、政権支持層の分布を断定的に語ろうとは思わない。

ただ、ひとつ言えるのは、現状において「シルバー民主主義」「シルバーデモクラシー」「年寄り民主主義」といったあたりの用語を見出しに持ってきたうえで展開される記事は、高齢者への偏見を利用した眉唾モノの立論だと思って、眉毛に唾をつけてから読みにかかるほうが無難だということだ。

誰かを悪者にする耳当たりのいい「正論」を、目くらましに使っているだけかもしれない。

もちろん、ハナから読まないという選択肢もある。

むしろ、正しいのはそっちかもとも思う。

確率論的に言えば、ウェブ上のテキストであれ、活字であれ、脳にとって有害な文章の方が多いからだ。

当稿も、読者を選ぶタイプのテキストではある。

面白くないと思ったあなたにとっては、有害だったはずだ。
貴重な時間を浪費させてすまなかった。
ラジオ体操でもして、忘れてくれ。

（「ア・ピース・オブ・警句」二〇一七年七月二八日）

4

コラボTシャツが越えた一線

昨今、出版の世界から耳を疑うようなニュースが流れてくることが増えた。

新潮社の月刊誌「新潮45」が、LGBTの人々を「生産性がない」という言い方で貶める杉田水脈衆議院議員による極めて差別的な論文を掲載したことで批判を浴びたのは昨年の夏（八月号）のことだった。

批判にこたえるかたちで、「新潮45」の編集部は、一〇月号の誌面上で、「そんなにおかしいか『杉田水脈』論文」という特集企画を世に問うた。

全体的に粗雑かつ低劣な記事の並ぶ特集だったが、中でも小川榮太郎氏の手になる記事がひどかった。

《LGBTの生き難さは後ろめたさ以上のものなのだというなら、SMAGの人達もまた生きづらかろう。SMAGとは何か。サドとマゾとお尻フェチ(Ass fetish)と痴漢(groper)を指す。私の造語だ。》

などと、LGBTを世に言う「変態性欲」と意図的に混同した書き方で中傷した氏の文章は、当然のことながらさらなる炎上を呼び、結果として、「新潮45」は廃刊（表向きは「休刊」ということになっている）に追い込まれた。

以上の出来事の一連の経緯を傍観しつつ、私は当連載コーナーの中で、三本の記事をアップしている。

杉田水脈氏と民意の絶望的な関係

「新潮45」はなぜ炎上への道を爆走したのか

「編集」が消えていく世界に

これらの記事は、いずれも、今回、私が俎上に乗せるつもりでいる話題と同じ背景を踏まえたものだ。

その「背景」をあえて言語化するなら「雑誌の断末魔」ということになる。あるいは「出版業の黄昏」でもかまわない。

いずれにせよ、私たちは、二〇世紀の思想と言論をドライブさせてきたひとつの産業が死に絶えようとするその最期の瞬間に立ち会おうとしている。

お暇のある向きは、上に掲げた三本の記事を順次読み返していただきたい。

ついでに、幻冬舎の見城徹社長が、同社から発売されている『日本国紀』(百田尚樹著)の記述の中にある剽窃をめぐって、同社で文庫を発売する予定になっていた津原泰水氏を中傷し、氏の前作の実売部数を暴露した問題について考察したつい半月ほど前の原稿にも、目を通しておいていただくとありがたい。

https://business.nikkei.com/atcl/seminar/19/00116/00022/

どちらの事件も、登場人物の振る舞い方や処理のされ方こそ若干違っているものの、「出版の危機」がもたらした異常事態である点に関しては区別がつかないほどよく似ている。

なんというのか「貧すれば鈍する」という、身も蓋もない格言が暗示しているところそのままだと申し上げてよい。

あるいは今回取り上げるつもりでいる話題も、「貧すれば鈍する」というこの七文字で論評すれば、それで事足りる話なのかもしれない。

たしかに、業界の外の人間にとっては「しみったれた話ですね」という以上の感慨は浮かばないのかもしれない。

なんともさびしいことだ。

4/

がんばれ、
記者諸君。

話題というのは、講談社が発売している女性ファッション誌「ViVi」のウェブ版が、自民党とコラボレーションした広告企画記事を掲載した事件だ。

「ハフポスト」の記事によれば経緯はこうだ。

《講談社の女性向けファッション誌「ViVi」のオンライン版が、自民党とコラボしたことが話題となっている。

「ViVi」は6月10日、公式Twitterで「みんなはどんな世の中にしたい？」と投稿。「#自民党2019」「#メッセージTシャツプレゼント」の2つのハッシュタグをつけて自分の気持ちをつけて投稿するキャンペーンを発表した。

計13人に、同誌の女性モデルら9人による政治へのメッセージが描かれたオリジナルTシャツが当たるという。——略——》

私がこのコラボ広告記事の企画から得た第一印象は、「あさましさ」だった。

これまで、雑誌や新聞が政党や宗教団体の広告を掲載した例がないわけではない。

というよりも、選挙が近づくと、各政党はあたりまえのように広告を打つ。これは、政党と広告に関する法規制が緩和されて以来の日常の風景だ。

であるから、私自身「政党が広告を打つのは邪道だ」と言うつもりはない。

逆に「雑誌が政党の広告を載せるのは堕落だ」と主張するつもりもない。

ただ、今回の「コラボ・メッセージつきTシャツプレゼント企画」に関して言えば、「一線を越えている」と思っている。具体的に言えば「政党が雑誌購読者に告知しているのが、党の政策や主張ではなくて、Tシャツのプレゼントであること」が、うっかりすると有権者への直接の利益ないしは利便の供与に当たるように見えることと、もうひとつは、「今回のぶっちゃけたばら撒きコラボ広告は、ほんのパイロットテスト企画で、自民党の真の狙いは、参院選後の憲法改正を問う国民投票に向けたなりふりかまわない巨大広告プロジェクトなんではなかろうか」という個人的な邪推だ。

「なんか、駅前でティッシュ配ってるカラオケ屋みたいなやり口だな」

「オレはガキの頃おまけのプラスチック製金メダルが欲しくてふりかけを一ダース買ったぞ」

「そういえば、シャッター商店街の空き店舗で電位治療器だとかを売りつけるSF商法の連中は、路上を行く高齢者に卵だのプロセスチーズだのをタダで配っていたりするな」

さて、自社の雑誌に自民党とのコラボレーションによる広告企画記事を掲載したことについて、「ViVi」を制作・販売している講談社は、以下のようにBuzzFeed Newsへの取材に対してコメントしている。

《このたびの自民党との広告企画につきましては、ViViの読者世代のような若い女性

4

がんばれ、記者諸君。

が現代の社会的な関心事について自由な意見を表明する場を提供したいと考えました。政治的な背景や意図はまったくございません。読者の皆様から寄せられておりますご意見は、今後の編集活動に生かしてまいりたいと思います。》

このコメントには、正直あきれた。

言葉を扱うことの専門家であるはずの出版社の人間が、政党の広告を掲載することに「政治的な」「意図」や「背景」がないなどと、どうしてそんな白々しい言葉を公の場で発信することができるのだろう。

羞恥心か自己省察のいずれかが欠けているのでなければ、こんな愚かな妄言は吐けないはずだと思うのだが、あるいは出版社の台所事情は、自分にウソをついてまでなりふりかまわずに広告収入を拾いにかからねばならないほど危機的な水準に到達しているのだろうか。

仮に講談社の人間が

「わたくしどもが発行している雑誌に特定の政党の広告を掲載する以上、政治的な意味が生じることは当然意識していますし、われわれが政治的な意味での責任を負うべきであることも自覚しています。ただ、それでもなお、社会に向かって開かれた思想と多様な言論を供給する雑誌という媒体を制作する人間として、われわれは、政治に関連する記事や広告を排除しない態度を選択いたしました。」

とでも言ったのなら、賛否はともかく、彼らの言わんとするところは理解できたと思う。が、彼らは、政党の広告に政治的な背景があることすら認めようとしない。

これは、酒を飲んで運転したドライバーが

「このたびの運転に際して、私は二リットルほどのビールを摂取いたしましたが、あくまで会社員の付き合いとして嚥下したものでありまして、飲酒の意図やアルコール依存症的な背景は一切ございません。警察署のみなさまから寄せられておりますご意見は、今後のビール摂取と自動車運転の参考に生かしてまいりたいと思います。」

と言ったに等しいバカな弁解で、たぶんおまわりさんとて相手にはしないだろう。

もうひとつ私が驚愕しているのは、今回の自民党&講談社のコラボ広告企画を、不可思議な方向から擁護する意見が湧き上がってきていることだ。

ハフポストがこんな記事を配信している。

https://www.huffingtonpost.jp/entry/story_jp_5d005e65e4b011df123c8167

この記事の中で東京工業大学准教授の西田亮介氏は、

1　責められるべきは自民党ではなく「多様性の欠如」

2　公教育では身につかない政治リテラシー
3　政治を語ることをタブー視してはいけない

という三つの論点から、自民党によるこのたびのコラボ広告出稿を「よくできている」「自分たちの政治理念を政治に興味がない人たちに広く訴求したい、若者や無党派層を取り込みたい、とあれこれ手法を凝らすのは、政党として当然です」と評価し、むしろ問題なのは、自民党以外の政党が自民党の独走を許している状況であると説明している。

さらに氏は、結論として、政党広告への法規制が解除されている現状を踏まえるなら、政党に限らず、雑誌をはじめとするメディアやわれわれ有権者も含めて、もっと政治についてオープンに語る風土を作っていかなければならないという主旨の話を述べている。

この記事の中で西田氏が述べている論点は、ひとつひとつの話としては、いちいちもっともだと思う。

ただ、個々の論点がそれぞれに説得力を持っているのだとしても、それらの結論は、今回の自民党と講談社によるコラボ広告企画が投げかけている問題への説明としては焦点がズレている。

というよりも、私の目には、西田氏が、今回の問題から人々の目をそらすために、政治と広報に関する角度の違う分析を持ち出してきたように見える。

あるいは、私が西田さんのような若い世代の論客の話を、かなり高い確率でうまく理解できずにいるのは、「競争」という言葉の受け取め方が、違っているからなのかもしれない。

私のような旧世代の人間から見ると、二一世紀になってから登場した若い論客は、「競争」を半ば無条件に「進歩のための条件」、「ブラッシュアップのためのエキササイズ」「組織が自らを若返らせるための必須の課題」「社会を賦活させるための標準活動」ととらえているように見える。

もちろん、健全な市場の中で適正なルールの範囲内において展開される競争は、参加者に不断の自己改革を促すものなのだろう。

ただ、私はそれでもなお「競争」には、ネガティブな面があることを無視することができない。

たとえば、政治に関する競争について言うなら、政策の是非を競い、掲げる理想の高さを争い、政治活動のリアルな実践を比べ合っている限りにおいて、「競争」には、積極的な意味があるのだ、と私は思っている。だからこそ、政党や政治家は、もっぱら「政治」というあらかじめ限定されたフィールドの中で互いの志と行動を競っている。

ところが、広報戦略の優劣を競い、民心をつかむ技術の巧拙を争うということになると、

4

がんばれ、
記者諸君。

話のスジは若干違ってくる。

その政治宣伝における競争の勝者が、政治的な勝利を収めることが、果たして政治的に正しい結末なのかどうかは、おおいに疑問だ。

さらに、政治家なり政党が、雑誌広告の出稿量や、メディアへの資金投入量や、広告代理店を思うままに動かす手練手管の多彩さを競わなければならないのだとすると、その種の「競争」は、むしろ「政治」を劣化させる原因になるはずだ。

より多額な資金を持った者、より多様なチャンネルを通じて商業メディアを屈服させる手練手管を身に着けている者、あるいは、より恥知らずだったり悪賢かったりする側の競争者が勝利を収めることになるのだとすると、「政治」は、カネと権力による勝利を後押しするだけの手続きになってしまうだろう。

「条件は同じなのだから、野党も同じように工夫して広告を通じたアピール競争に参戦すれば良い」

「より優れた政党広告を制作し、より洗練された戦略で自分たちの存在感を告知し得た側が勝利するのであるから、これほどわかりやすい競争はない」

と、「市場」と「競争」がもたらす福音を無邪気に信奉する向きの人々は、わりと簡単に弱肉強食を肯定しにかかる。

私の目には、彼ら「競争万能論者」が「弱者踏み潰し肯定論者」そのものに見える。

彼らは、自分たちが負ける側にまわる可能性を考えていない。

あるいは、誰であれ人間が必ず年を取って、いずれ社会のお荷物になる事実を直視していないのかもしれない。

ともあれ、自分が弱っている時、「勝者のみが報われるレギュレーションが社会の進歩を促すのです」式の立論は、まるで役に立たない。

対象が「政治」でなく、これが、一般の商品なら、優れた広告戦略を打ち出した企業が勝つ前提は、たいした不都合をもたらさない。

実際、わたくしどもが暮らしているこの資本制商品市場では、スマッシュヒットを飛ばすのは、必ずしも歌の巧い歌手ではなくて、より大きな芸能事務所に所属して、より強烈な販促キャンペーンの中で一押しにされている歌手だったりする。

クルマでも即席麵でも事情は同じで、現代の商品は、商品力とは別に、なによりもまず優れたマーケティングと広告戦略の力で顧客の心をつかまなければならない。

ただし、政治の世界の競争は、商品市場における商品の販売競争と同じであって良いものではない。

政党ないし政治家は、議会における言論や、議員としての政治活動を競うことで互いを切磋琢磨するものだ。あるいは、政府委員としての住民サービスの成果を競うのでも良い。政党なり政治家が、マーケティング戦略や広告出稿量の分野で「競争」することで、政治的に向上するのかというと、私はむしろ堕落するはずだと思っている。

出版も同じだ。

販売部数を競い、売上高で勝負しているのであれば、たいした間違いは起こらない。読者に媚びるケースも発生するだろうし、流行に色目を使ったり、二匹目のドジョウを狙いに行って自分たちのオリジナリティを捨てるような悲劇が起こることもある。ただ、広告収入にもたれかかるようになると、点滴栄養で生きながらえる病人と同じく、後戻りがきかなくなる。

オリンピックと憲法改正を睨んで、出版業界の目の前には、巨大な広告収入がぶら下がっている。

編集部の人間には、美味しく見えるエサには、釣り針がついていることを思い出してほしい。

まあ、ウジ虫が美味しそうに見えている時点ですでに負け戦なのかもしれないわけだが。

(「ア・ピース・オブ・警句」二〇一九年六月一四日)

4

新世代のヒヨコが心配だ

「週刊ポスト」が、その九月一三日号で「韓国なんか要らない」という特集記事を掲載した。中吊り広告には《「嫌韓」ではなく「断韓」だ　厄介な友人にサヨウナラ》《「10人に1人は治療が必要」――怒りを抑制できない「韓国人という病理」》という目を疑う見出しが並んでいる。一見して驚愕した……と書きたいところなのだが、実のところ、私は、ほとんどまったく驚かなかった。というのも、いずれこんな調子の見出しを掲げた雑誌広告が新聞の下段の広告欄に登場するであろうことは、この二ヶ月ほどの雑誌広告やテレビの構成台本を眺めていれば、普通に見当のつく話だったからだ。

それでも、この中吊りの画像がツイッター上に拡散したタイミングでは、一応驚いたふりをしておいた。こんな不埒な文言をこの国の大人が、こともなげに容認してしまったら、その次にはもっとあからさまなヘイト記事がやってくることは火を見るよりも明らかだと考えたからだ。

おそろしいのは、個別の雑誌が隣国への憎悪を煽る見出しを打つことそのものではない。実際、ポストの記事は、本文を読んでみると、見出しの凶悪さに似合わず、比較的穏当な線で隣国との協調の大切さを訴えていたりする。では、どうして編集部は、あんな露悪的な見出しを採用したのだろうか。答えは簡単で、要するにポスト編集部は「下劣な見出しで客引きをする」という瓦版屋以来のスキャンダリズムの王道を踏襲してみせただけのことなのだ。まずはとにかく部数を上げるべく、ダミ声の売り子よろしく下品な口上を並べる。でもって、本文の方は、どうせやってくる世間からの批判に備える形で、逃げ腰の両論併記でお茶を濁す。なんと卑怯な商売だろうか。とはいえ、瓦版屋の卑怯は、浄瑠璃語りの大音声と同じで、本能に属する話だ。そこのところを責めても仕方がない。

私がぜひ問題にしたいのは、われら出版人が、「世間の空気」を出版倫理の根拠としている令和の末期症状と、その先にやってくるであろうカタストロフィについてだ。ポストがああいう見出しを打ったのは、「月刊WiLL」や「月刊Hanada」が毎月のようにトンデモな見出しを打って下地を作っていたからでもあれば、「夕刊フジ」が、連日韓国ヘイト丸出しのヘッドラインをコンビニの店頭に並べているからでもある。

これらに呼応して、テレビのワイドショーのテロップでは、ついこの春までは、ネット上の極論家しか使っていなかった「反日」という文字が日常的に使用されるようになっている。コメンテーターはといえば、韓国籍の女性大学教授に向かって直接「お前は黙っとけ！　この野郎。喋りすぎだよ、お前！」という信じがたい罵声を浴びせている。ちなみに、この時の恫喝の一部始終は、そのままナマ放送された。にもかかわらず、張本人たる東国原英夫元宮崎県知事は、その後も同じ番組に出演し続けている。

つまり、こういうことだ。テレビとタブロイド紙と、週刊誌とスポーツ新聞は、足並みを揃えて「嫌韓」に舵を切っている。これは、いち週刊ポスト編集部の問題ではない。わずか半年ほどのうちに、わが国のすべての大衆的なメディアは、雪崩を打って「開戦前夜」の大政翼賛体制にモードチェンジしはじめているのである。

こんなことになってしまった背景には、現政権の首脳による度重なる挑発的な言動の存在がある。とはいえ、より根本的には、嫌韓ネタを好んでやまないわたくしども雑誌購読者やテレビ視聴者の嗜好がある。

メディアの偏向報道が国民の判断を誤らせるのか、国民の狂躁がメディアを狂奔させるのか。詳しい機序は不明だ。いずれにせよ、ニワトリと卵みたいな話なのだろう。

ただ、新世代のヒヨコが、悪魔の翼を持って生まれてくることだけは間違いない。

とてもヤバいと思う。

（「GQ」二〇一九年一一月一〇日）

4

がんばれ、記者諸君。

目くらまし大臣就任会見

九月一一日の「ニュースウォッチ9」（NHK総合）は、冒頭から「第四次安倍第二次改造内閣」のニュースを伝えていた。それが、開始七分ほどの時点で、「たったいま小泉進次郎新環境大臣の記者会見の映像が入って来ました」という告知とともに、急遽、中断される。で、画面は、首相官邸での小泉進次郎氏の就任会見の模様を放送しはじめている。片隅には「速報」というテロップが表示されている。

「この処理はつまり、速報で伝えるべき緊急ニュースが、トップニュースをぶった切る形で挿入されている姿と受け止めて良いのだろうか」

と、私は画面を眺めながら呆然としていた。いくらなんでも何の実績もない新大臣の就任会見を、いきなり速報扱いで中継する判断は異例……というよりも「異様」だと思ったからだ。

深読みをすればだが、午後九時七分に首相官邸での就任会見が開始されたというこの夕

4

がんばれ、
記者諸君。

イミング自体に、官邸側の「作為」を感じる。どういうことなのかというと、政府は、今回選ばれた新閣僚が、それぞれにかかえている問題点や、全体から見た組閣の意図や狙いといったあたりの厄介なツッコミどころから目を逸らすために、小泉会見というカードを切ってきたということだ。

で、テレビ視聴者の中で最も高い注目を集めていると思われる「ニュースウォッチ9」のトップニュース枠の出鼻をくじくべく、九時七分という絶妙の時間帯に、これまた平均的なニュース視聴者の間で最も注目度が高いと考えられている小泉進次郎氏の就任会見を持ってきたわけだ。

会見の模様は、冒頭の演説を受けた記者との一問一答の途中、およそ一〇分ほどのところで切り上げられて、画面は、めでたく元の組閣のニュースに戻ったわけなのだが、速報映像に尺を取られた結果なのか、組閣人事を論評する解説委員のコメントは、極力あっさりとした薄味の言葉に終始した。

個人的に、今回の閣僚人事は、新たに選ばれている面々の偏向ぶりといい、重要閣僚に首相の側近を配置したそのバランス感覚といい、これまた異例というよりは「異様」なやりざまだと思うのだが、それよりもなによりも、このたびの組閣では、NHKのあまりにも無批判な報道姿勢に失望した。

以前、当欄で、民放の情報番組が一部視聴者に媚びる形で、嫌韓にシフトしていることへの憂慮の念を表明した記憶があるのだが、近年のＮＨＫの変節は、より深刻かつ露骨だ。民放テレビの夜郎自大とＮＨＫの小心翼々は、一見すると正反対の行動原理に見える。とはいえ、もたらされる結果に大きな違いはない。いずれもゴミみたいなネタをフレームアップしつつ、ニュースバリューの大きい問題から目を逸らす方向で、自分たちの存在意義を毀損している。

商業メディアがビジネスである以上、「数字の取れるコンテンツ」に誘引されることは、理解できる。そして、その「商売」上の利益追求や、政治的な圧力とは無縁な独立性を確保するために、われわれは公共放送に受信料を払っていたはずではないのだろうか。

小泉新大臣の演説はある意味見事だった。あれほどまでに内容希薄な話を、あれほど自信満々な語り口で言い切ることのできる政治家は、近来では珍しい。昔、小泉純一郎という総理大臣がいたが、あの人以来だと思う。

（「pie in the sky」二〇一九年九月二〇日）

4

セコくなった大臣の首取り

吉本興業と京都市が仕組んだと言われているステマのお話はその後どうなったのだろうと思っている読者はいないだろうか。

私はそう思った。だから、各方面の報道をチェックしていた。ところが、一一月に入ってからこっち、ふっつりと続報が途絶えている。どうやらこのニュースはこのまま黙殺されるカタチでフェイドアウトする流れに入ったようだ。つまり、吉本ステマ案件は、報道的には、すでに風化過程に組み込まれているわけだ。

なので、蒸し返すことにする。

私が、あえてこのさしたる大事件にも見えない吉本ステマ騒動にこだわっているのは、この事件に限らず、最近、メディアが報道案件を扱う時の扱い方に納得できない気持ちを抱いているからだ。

思うに、二一世紀の不況下の報道メディア各社は、ニュースバリューの大きさや事件の重要性よりも、取材のやりやすさや、視聴率の高さを重視する方向にシフトしている。だからこそ、ふだんからつきあいの深い関係先のスキャンダルを暴き立てることよりは、世に言う「文春砲」の後追いで安易に記事を作ることを選択して恥じない。私の目にはどうしてもそんなふうに見える。

本題に入る前にこっちの話をしておこう。あるいは、こっち（メディアの報道姿勢のうさんくささ）の方が本来の本題であるのかもしれないので。

つい二日ほど前、財務省のいわゆる「森友文書」について、新しい展開があった。「森友学園」をめぐる国有地の売却問題で、情報公開請求に対して、財務省が「不開示」としていた行政文書およそ五六〇〇ページをテレビ東京が入手したというこのニュースそのものは、見事なスクープだと思う。

記事によれば、新たに公開された応接録や交渉記録は、日付や一部の担当者の名前を除いて、多くが黒塗りにされていたということなのだが、黒塗りでもなんでも、実物の「森友文書」を入手したこと自体が重要な成果だ。

財務省は、文書の特定の部分を黒塗りにすることで、情報の漏洩を防ぎ切ったつもりでいるのかもしれない。しかし、すべてが彼らの思惑通りに展開するわけではない。というのも、文書の表面を覆い尽くしている黒い色のインクそれ自体が、財務省の隠蔽体質をなによりも雄弁に物語ってしまっているからだ。このことを証明したのは、ひとえにテレビ東京の手柄だ。今後、どの部分が黒塗りにされ、どの部分がそのまま開示されていたのかを仔細に分析すれば、いまわかっていること以上の何かが浮かび上がる可能性もある。

気になるのは、「森友文書」という、ほんの一年ほど前には日本中のメディアにとって最大級の鉱脈だったはずの事案から、新たなネタを掘り出してきたのが、よりにもよってテレビ東京だったという事実だ。

しかも、テレビ東京の自前のニュースコーナーやウェブサイト以外の大手メディアは、いまのところこのスクープを記事化していない。まさか黙殺するはずはないので、いずれ後追いで報道するとは思うのだが、どっちにしても、立ち上がりの反応が鈍すぎる。いったい彼らは、去年まであんなにやかましく声を張り上げていた森友案件について、どういう落とし前をつけるつもりでいるのだろうか。

テレビ東京の取材力をあなどるわけではないのだが、同局の報道部隊が、予算的にも人員的にも、他の在京テレビキー局や全国紙各社と比べて貧弱であることは、誰もが知る事実だ。その、大手報道各社の陣容と比べれば、何分の一にも満たない予算と人員でやりくりしているテレビ東京が、ほかの日本中の大手メディアを差し置いて、トンビが油揚げをさらうカタチでスクープ記事をモノにした今回のなりゆきは、メジャーな報道各社が、森友関連の話題を追いかけ回すことを事実上断念していたことを意味しているのではなかろうか。それどころか、大手メディアが、政権に「忖度」して、取材を手控えていた可能性だってまったくないとは言い切れない。

いずれにせよ、昨今の報道各社の腰砕けっぷりを見るに、大手メディアがいわゆる「モリカケ」問題に関して、すでに戦意喪失の状態に陥っている可能性は否定できない。一九八〇年代の歌舞伎町には、胸ぐらをつかんでスゴんでみせるところまではやってみせても、本気でケンカをする根性ははじめから持っていないチキンな酔っぱらい学生が群れ集まっていたものだが、現在の報道各社で役員用の椅子に座っているメンバーの中には、その歌舞伎町人種の成れの果てが少なからぬ割合で含まれているはずだと、偏見だと思う人もあるだろうが、私個人は、そう思い込んでいる。彼らは虚勢を張るのが上手なだけで、実際には何もできない。そういう人間を私は、山ほど見てきた。

菅原一秀前経産相と、河井克行前法相を相次いで辞任に追い込んだ最近のできごとについても、私は政治報道にたずさわる記者諸君の手柄だとは思っていない。

あれは、そもそもが資質に欠ける人間を閣僚に抜擢した現政権による自爆案件に過ぎない。そうでなくても、「文春砲」の波及効果以上のものではない。

ついでに申せばだが、私個人は、メロンだの香典だのの件といい、ウグイス嬢に支払った報酬の件といい、本質的には些末な話題だと思っている。本来なら、大臣の首を引き換えにするような事件ではない。

もちろん、建前論からすれば、二万円ぽっちの香典ではあっても政治資金規正法に違反する支出である以上大臣として批判されるのは当然なのだろうし、ウグイス嬢に支払った金額がたったの三万円であっても、それが法で定められた上限を上回っているのであれば、形式上は、同じく政治資金規正法の基準に照らして厳しく罰せられるべきだというお話にはなる。小さいことをゆるがせにしていては法が法である意味が失われてしまう。それはよくわかっている。

でも、それでもなお、「たかが三万円の話だよね」ということは、王道の庶民感覚として、この際、声を大にして呼ばわっておくべきだ。

なぜというに、たかだか三万円だかのカネをばら撒いたことで大臣の首を飛ばしにかかった今回のメディアの仕事ぶりが、本当のところ、一般の日本人の真摯な共感を呼び寄せるとは思えないからだ。

「ほら、アサヒさんたちがまた重箱の隅をつついてるぜ」「まったくシュウトメ根性にペンを持たせたみたいな記者集団だな」と、そう思う読者がいても不思議ではない。

がんばれ、記者諸君。

4

「っていうか、あの人らはメロンだの鯛だので票が買えるみたいな前提で記事を書いてるみたいだけど、それって、根本的な次元で選挙民をバカにしてないか？」と、そう感じるのがむしろ当たり前な庶民でさえある。

私自身は、少なくとも、「メロンがどうしたとか、ウグイス嬢がどうしたとか、まったくどこのチクリ屋に国政を私物化されて大喜びしてるんだか」くらいには思っている。

今回の二つの事例を除けて考えても、この一〇年ほど、大臣が辞職に追い込まれるお話が、どんどんセコくなっている傾向は明らかだ。そして、この傾向は、政治不信よりも、むしろ報道不信を招いている。そう思わなければならない。

しかも、セコい事件で尻尾を出した大臣がたちまちのうちに職を追われている一方で、より深刻な腐敗に連なっているかに見える面々は、コトがコトだけに（つまり、ヤマがデカ過ぎて動かぬ証拠を見つけることがそれだけ難しいから）まんまと逃げおおせている。

安倍政権で辞任した大臣の顔と辞任理由を並べてみると、団扇に宝塚のチケットにメロンに香典にウグイス嬢のバイト代てなことになる。どれもこれもいくらなんでも案件としてちっぽけ過ぎる。

メディアならびに野党が、こんなゴミみたいなミスをあげつらって大臣を辞職に追い込んだことを、自分たちの得点だと思い込んでいるのだとしたら、これは相当におめでたいと申し上げなければならない。

実際、野党が支持されない理由のひとつに、彼らがあげつらっている政権側の欠点が、あまりにもくだらないということがあると思う。くだらない欠点を露呈している政権側もたしかにどうしようもない人たちではあるわけだが、では、そのくだらない欠点を大真面目に指摘して何かを成し遂げたつもりになっている野党を、いったい誰が支持したいと思うだろうか。少なくとも私は、メロンを配るのがルール違反なのだとして、そんなバカなことを追及して喜んでいる政治家に国政を委ねたいとは思わない。

団扇だのメロンだのに関する失策で、政権側があっさりと非を認めて大臣の首を差し出すのは、それらが、形式上申し開きの不可能な事例であるということもあるが、それ以上に、差し出す首が、実のところトカゲの尻尾に過ぎないからだ。つまり、彼らにしてみれば、どうということもない罪だからこそ簡単に認めることができるというそれだけの話ではないか。

さらに驚くのは、メディアの中の人たちが、これらの政治資金規正法がらみの些細な逸脱(選挙中に怪しいカネを配布したり、選挙区の住民に曖昧な物品を配ってまわったみたいなお話)と、国政を歪める重大な疑獄事件に発展しかねない贈収賄を疑わせる資金の出入り(関西電力からの地方政治国政を含む各方面への政治献金や、甘利明元経済再生相、下村博文元文科相の資金疑惑などなど）を、「政治とカネ」というおよそ粗雑なタグで一括処理し、しかも、前者を手柄顔でつつきまわしている一方で、より重大かつ深刻な資金疑惑である後者に関しては、わりとあっさりと尻尾を巻いて追及をあきらめてしまっていることだ。

報道された結果をこっち側から見ている当方のような立場の者からすると、「あんたたちって、もしかして、追及しやすいネタだけ追いかけ回してないか？」と言いたくなる。

そりゃたしかに、菅原氏にしても河井氏にしても、到底大臣の器にかなう人物だとは思わない。蹴り出されて当然だとも思う。ざまあみろとさえ思っている。

とはいえ、それはそれとして、文春がほじくり出してきたケアレスミス（というよりも「脇の甘さ」案件ですよ。せいぜいが）みたいな失策をネタにした後追いに血道を上げている記者たちが、その一方で、あれほど明々白々たる証拠が転がっているように見えた甘利明氏の金銭授受疑惑や、本人が「いずれ説明する」と明言していながら、いまだに一言たりとも説明していない下村博文氏の政治資金疑惑について、取材に行っている形跡さえ見せていないのはいったいどういうわけなのかと思わないわけにはいかない。

記者は、政治資金規正法というシンプルな法律にわかりやすいカタチで違反している政治家の事例（政治家の側がカネをばら撒いたお話）については、実にシンプルかつ率直な追及記事を書く。政治家の側としても、この種の案件に関しては、申し開きができない。証拠が上がっている以上、事実を認めるほかにどうしようもない。

で、結果として、大臣は辞職に追い込まれる。

一方、同じ「政治とカネ」の話でも、政治家の側がカネを受け取った事案については、シンプルな記事は書けない。事実を証明するためには多方面に取材したうえで、動かぬ証拠をつかむことが必要になるわけだが、当然、カネを受け取る政治家は簡単に証拠を残すことはしないし、政治家にカネを渡す側の人間も万全の煙幕を張っている。また、政治家にしても政治家にはたらきかけていた人々にしても、捜査当局によって「クロ」の認定が出るまでは、決して金銭の受け取りを認めない。なぜなら、政治家がカネを受け取ることは、政治家がカネをばら撒くことに比べて、より重大かつ深刻な犯罪を示唆しているからで、場合によっては政権そのものがひっくり返る話だからだ。

この話は、なんだか、警察にとって、交通量の少ない道路での駐車違反の摘発が、効率的かつ手軽な点数稼ぎである一方で、悪質煽り運転者の逮捕が危険で手間がかかるわりに成果の上がりにくい仕事である事情に似ている。

摘発される側にしてみれば、駐車違反のような軽微な違法行為が厳しく摘発されている

4

がんばれ、記者諸君。

半面、危険な煽り運転のような明らかに人命にかかわる違法行為が見逃されたまま放置されている現状に腹が立つばかり、ということになる。

吉本の事件にも、一応触れておこう。

最初にこのニュースを伝えたNHKのサイトは、

《京都市が、市の取り組みをPRするため人気漫才コンビにツイッターで情報発信をしてもらう対価として100万円を支払う契約を吉本興業と結んでいたにもかかわらず、漫才コンビのツイートの中に広告と明示していなかったことが分かりました。──略──》

と、特段に「ステルス・マーケティング」「ステマ」という言葉は使っていない。

とはいえ、ネット上では、このテの手法は特別に嫌われることになっている。

二件のツイートで一〇〇万円の報酬というその破格さも話題になった。で、たちまち「癒着やんか」「えげつな」という感じの声が殺到して、ネット界隈は大変な騒ぎになった。

ところが、一〇月の三〇日に吉本興業が当該のツイートが《──略──「ステルスマーケティング（ステマ）」に該当しないとする見解をまとめたことが30日、関係者への取材で分かった。──略──》という不思議なニュースが共同通信から配信されると、それっきりほぼ続報は途絶える。

「え？　どうしてステマじゃないって断言できるわけ？」

「関係者って誰？」

「見解をまとめたって、その見解をどこに配ったんだ？」

と、誰もが疑問に思う点を吉本興業に対してぶつけにいった記者がいたのかいなかったのか、とにかく、どうしてあのツイートがステマに該当しないのかを説明する記事は、以後どこからも出てきていない。

このあたりの対応は、菅官房長官が「批判は当たらない」と言うばかりで、どうして批判が当たらないかの理由や事情をまるで説明していないにもかかわらず、「官房長官は、どういう理由で批判が当たらないとおっしゃるのでしょうか」と問いただす記者が一人も現れない官邸の記者会見の様子とそっくりだ。

吉本興業に追加取材をかけることさえできない記者が、どうして森友事件の続報をまとめるべく財務省なり官邸なりに突っ込むことができるだろうか（いやできない）。ちなみにこれは反語という語法で、不可能な疑問文を掲げておいてそれを自分で否定してみせる東アジアに特有ないじけたレトリックだ。

反語で締めくくるのは後味が悪い。

「いやできる」と力強く反論してくる記者が現れてくれるとうれしい。

（「ア・ピース・オブ・警句」二〇一九年一一月八日）

4

がんばれ、

記者諸君。

サッカー監督に聞くべきは

面白い動画が流れてきた。画面に出て来る主人公は、サッカープレミアリーグ（イングランド一部リーグ）で首位を独走するリバプールFCの監督、ユルゲン・クロップ氏だ。クロップ監督は、パネルの前で記者の質問に答えている。そのやりとりが水際立っている。記者がコロナウイルスについての考えを質す。と、クロップ氏の回答はこうだ。

「私は、政治やコロナウイルスのようなシリアスな問題について、サッカー監督の意見を聞きたがる風潮が理解できない。私は素人だ。有名人だからという理由で私の意見を尊重する必要はない。ごらんの通り、私は野球帽をかぶった、自分のヒゲをきれいにしておくことさえできない男なのだからね」

なんと見事な回答ではないか。

実際、クロップ監督とて、コロナウイルスについて、自分なりの見解を持っていないわけではないはずだ。しかし、彼は自分の意見よりも、サッカー監督たる自身の立場をより

4

がんばれ、
記者諸君。

重要視している。まったく完璧な自己省察だ。

対照的なニュースがある。三月二日に放送された民放のワイドショー番組で、吉本興業所属のお笑いコンビ「ブラックマヨネーズ」の吉田敬氏（46）が、与野党の政治家の発言を断罪したというお話だ。発端は、麻生財務大臣が新型肺炎をめぐる臨時休校要請の質問をした記者に対して「つまんないことを聞くねえ」と返したことだった。これに対して、立憲民主党の蓮舫参議院議員がツイッター上で「貴方にとっては『つまんないこと』なんでしょう。でも、親にとっての費用負担はとても大きいものです」と噛み付いた。で、両者の発言をとらえて、吉田氏は、放送の中で以下のように述べたわけだ。「麻生さんからしたらホンマしょうもない質問なんでしょうけど。そこを我慢もう一歩してほしいし、そこの揚げ足をとってうわぁーっていう蓮舫さんというういつもの流れ。もう、ええわって。どっちも0ポイントというか」

ま、要するに「どっちもどっち」てなことで、麻生氏と蓮舫氏の双方の発言を相対化した定番のコメントだ。

吉田氏のコメントに賛同する人もあるだろう。逆に、反発を抱く視聴者もいるはずだ。しかし、問題はそこではない。見解の当否は、この際、どっちでもよい。

重要なポイントは、しゃべりは得意かもしれないが、政治やウイルス対策の専門知識を持っているわけでもない人を連れてきて、国会議員の答弁やツイートを採点するがごときコメントをさせ、それで番組を作ることにある。

しかも、そのコメントは、テレビ電波を通じて全国に流され、のみならず、スポーツ新聞がそれをネタに記事を書く展開が約束されていたりする。つまり、われわれは、お笑い芸人であるというだけの素人の台詞を、新聞で読まねばならない国に住んでいるわけだ。

思うに、お笑い芸人をコメンテーター席に座らせて、政治経済外交防衛いじらせて番組を進行させる手法は、二一世紀にはいってから顕在化した、「二四時間総バラエティ化」の一環だ。実際、今回のコロナウイルス関連でも、お笑いの人間の意見が、最も大きな影響力を発揮していたりする。

いや、笑いごとではない。

われら一般国民がテレビを見て笑っている限り、いずれ、この国は、世界の笑いものに成り下がっていく、と、私は思っている。


（「pie in the sky」二〇二〇年三月一三日）

4

なぜマスクは市場から消えたのか

わが国で新型コロナウイルスによるはじめての死者が出たのは二月一三日だった。で、同月の二七日には、政府が全国の小中高校に休校を要請している。

この間の不安と自粛の拡散スピードは、東日本大震災直後のそれを超えているかもしれない。個人的には、今回の方が、出口が見えていない分だけ、不安の度合いが大きい気がしている。

東日本大震災以来のこの一〇年ほどは、大きな災害や事件が続発する極めて不安定な期間だった。

その一方で、わたくしども日本人は、社会不安に対して強い「耐性」を身に着けている。たとえば、私自身もそうだが、令和の日本人は、震度四までの地震にはほとんどまったく動じない。災害時に流れてくる流言飛語にも、簡単にはだまされなくなっている。震災後のデマの拡散と収束を観察した経験は、われら日本人のメディアリテラシーを大いに鍛えてくれた、と、少なくとも私はそう思っている。

であるから、今回、マスクやトイレットペーパーが店頭から消えた事実を目の当たりにしても、私は驚かなかった。テレビの情報番組は、「デマに踊らされて行列する愚かな人々」や「転売で利ざやを稼ぐことを狙っている強欲な転売ヤー」の存在をやたらと煽り立てていたが、私は、彼らの情報ソースそのものを疑っていた。

というのも、転売は、ネット上のごく一部の世界でやりとりされている例外に過ぎなかったわけだし、ドラッグストアに行列している人々も、実際に観察してみると、誰もが冷静な表情を浮かべていたからだ。彼ら彼女らは、生活防衛のために必需品の確保を心がけているごく普通の日本人だった。それだけのことだ。愚かだったのは、行列している「ごく普通の日本人」を、まるで海に向かって走るレミングの群れみたいに描写し続けたワイドショーの見せ方だ。

果たして、新型コロナウイルスをめぐる騒動が勃発してから一ヶ月が経過してみると、たとえば、当初喧伝されていた「トイレットペーパーがなくなるというデマ」は、デマそのものがほとんどまったく流れていなかったことが判明した。この話の発生源を取材した人々によれば、マスクにしてもトイレットペーパーにしても、デマに踊らされてパニックに陥った大衆が過剰な買い占めに走った結果店頭から消えた、というわけではないようだ。

むしろ、今回の出来事を通じてわれわれが噛み締めなければいけない教訓は、普通の生活をしている普通の日本人が、危機に対応した当然の生活防衛として、一定の買い置きを心がけただけのことで、日本中の市場から在庫が消失してしまった事実だ。

これは、われわれの商品流通市場が、三〇年来の不況へ対応するために、在庫と配送回数を極限まで切り詰める形での経営努力を続けてきた結果として、効率と引き換えに、冗長性（余裕）をかなりのレベルで喪失したことを意味している。

話を整理すれば、メディアは新型コロナによる世の中の不具合や停滞を「大衆の愚かさ」に帰責させる「愚民論」を拡散していたが、どっこいわれわれは、それほど愚かではなかった。

人々は賢明に振る舞っている。にもかかわらず、社会はうまく機能していない。責任を感じるべきは、逆境に極端に弱くなった「経済」、そして「政治」じゃないのか。

（「pie in the sky」二〇二〇年三月二七日）

4／

がんばれ、記者諸君。

あとがきにかえて

来年の春には、あの震災から一〇年が経過したことになる。まったく実感がわかない。茫然とするばかりだ。

この一〇年の間、私たちはいったい何をしていたのだろうか。

震災後の時間が、ふわふわとしたまま過ぎ去ってしまった理由について、私は、ある仮説を立てている。それは、この間、政権を担っていた内閣総理大臣安倍晋三氏の口から漏れ出す日本語が、あまりにも空疎だったことが、われら日本語話者の精神の復興を妨げたという、いささか突飛な考えだ。

もちろん、異論はあるだろう。多くの日本人にとって、安倍さんの日本語の珍奇さは、滑舌の怪しさの副産物くらいにしか思えないはずだからだ。

ただ、私自身は、この一〇年間を、自分の中の日本語の防衛に専念していた期間だったというふうに自覚している。それほど、新聞に載る日本語が狂っていたからだ。

手前味噌に聞こえるかもしれないが、本書は、結果として、この国の政権担当者たちが日本語を破壊していった経過を、詳細に跡づける、他に類例のない記録に仕上がったと考えている。

ひとつひとつのコラムを執筆している時点で、書き手たる私自身が、そのこと（つまり政権による日本語の破壊を検証すること）を特段に心がけていたわけではない。制作過程としては、個々の時事コラムを執筆する時点で気付かされた奇妙な言葉遣いや、奇天烈な弁解の理路に対して、いちいちつっかかっていたに過ぎない。

しかし、それが、一〇年間をとらえた一冊の書籍として集成されてみると、なんということだろう、本書は、いちコラムニストが、日本語の守護者として安倍晋三その人と対峙してきたスコアブックの如き書物になっている。

安倍総理は、演説の中で、自分の言葉に自信を持てない心理状態に陥ると、「まさに」という強調語を多用して、自分を立て直すことを試みる。

さらに、官僚に与えられた原稿を自分の中でうまく消化しきれていない場合には、「言わば」という言葉を繰り返すことで、なんとかその場を取りつくろおうとする。

ほかにも、たとえば、質問に対して適切な回答を思い浮かべることができないケースでは、センテンスとセンテンスの間に「なかにおいて」という無意味な接続の言葉を挿入することで時間を稼ぎにかかる。

これらの言葉は、言うまでもないことだが、徹頭徹尾、ひとっかけらも意味を持っていない。安倍さんは、言葉のやりとりに費やされる自分にとって不毛に感じられる時間をなんとか加速させるべく、これらの言葉を使っているに過ぎない。

これらの、無意味な言葉は、一見無害に見える。

しかし、一〇年付き合ってみればわかるが、誠実にものを考えようとする人々にとって、無意味な言葉ほど有害なものはない。

いまこそ、日本語を取り戻さなければならない。

本書が、その助けになることを願っている。

二〇二〇年八月吉日　小田嶋隆

小田嶋隆

Odajima Takashi

コラムニスト。1956年、東京生まれ。早稲田大学卒業。食品メーカー勤務などを経て文筆業を開始。著書に『ア・ピース・オブ・警句』『超・反知性主義入門』（いずれも日経BP）、『ザ、コラム』（晶文社）、『小田嶋隆のコラムの切り口』（ミシマ社）などがある。

日本語《にほんご》を、取《と》り戻《もど》す。

2020年 9 月20日　第1版第1刷発行
2020年11月22日　第1版第3刷発行

著者

小田嶋隆

発行者

株式会社亜紀書房

〒101-0051 東京都千代田区神田神保町1-32
TEL 03-5280-0261（代表） 03-5280-0269（編集）
http://www.akishobo.com/
振替 00100-9-144037

印刷・製本

株式会社トライ

http://www.try-sky.com/

Printed in Japan
ISBN 978-4-7505-1660-8　C0095